colección **la otra orilla**

El mandato

José Pablo Feinmann

EL MANDATO

Grupo Editorial Norma

Barcelona Buenos Aires Caracas Guatemala Lima México Panamá Quito
San José San Juan San Salvador Santafé de Bogotá Santiago

©2000. José Pablo Feinmann
©De esta edición:
Grupo Editorial Norma
San José 831 (1076) Buenos Aires
República Argentina
Empresa adherida a la Cámara Argentina del Libro
Diseño de tapa: Ariana Jenik
Ilustración de tapa: Archivo Kapelusz
Impreso en la Argentina por Verlap S. A.
Printed in Argentina

Primera edición: abril de 2000

CC: 21920
ISBN: 987-9334-54-X

Hecho el depósito que marca la ley 11.723
Libro de edición argentina

a María Julia Bertotto,
Virginia Feinmann y
Verónica Feinmann.
Las mujeres de mi vida.

PRÓLOGO

El pueblo en que ocurrirá la tragedia se llama Ciervo Dorado. Alguien, alguna vez, ha visto un ciervo en el monte, y el ciervo, dijo, era dorado. Y no dijo más. O tal vez algo más dijo, ya que, según suelen sugerir algunos escasos memoriosos, algo dijo sobre las dimensiones del animal, algo que había traspuesto los años y oscuramente había cristalizado en una frase magra que contenía la palabra *enorme*. Porque así dijo que era el ciervo. "Era enorme", se dice que dijo. No sólo dorado, sino también enorme.

¿Sólo eso bastaba a los habitantes de ese pueblo para saciar la sed que impulsa a los hombres a la búsqueda de los orígenes, al punto primero, a la perfecta certeza a partir de la que todo surgimiento es posible; esa certeza que permitirá tolerar lo intolerable, es decir, las infinitas incertezas que asedian a lo largo de una vida? ¿Sólo decir alguien, alguna vez, vio un ciervo dorado en el monte? ¿Nadie, jamás, preguntó quién, cuándo, cómo? ¿Nadie, impulsado por algún vino imprudente, dijo que no había ciervos y, menos aún, ciervos enormes y dorados, allí, a doscientos kilómetros de Buenos Aires, en esa llanura caliente, dibujada durante siglos por el sol y por la soledad?

Vagamente, algo más se sabía. Lo necesario, al menos, como para aceptar, y hasta para comprender, que el pueblo debía llamarse así, Ciervo Dorado, puesto que los escasos memoriosos, cuando se les soltaba algo la lengua, solían narrar una historia que tramaba la figura del ciervo con los orígenes lejanos del pueblo.

Era la historia de un soldado desertor. Transcurría casi un siglo atrás, en 1829, y el soldado, cuyo nombre se ignoraba, era parte del Regimiento del coronel Federico Rauch, hombre de origen prusiano, que profería un español violentado por ásperas cadencias teutónicas, severo con los suyos hasta el castigo y la sangre, hosco, con la ira a flor de piel, obsedido por la más esencial de las pasiones militares, la disciplina, y entregado ahora a la pasión –indigna de los sueños de gloria que había alentado en sus años jóvenes, en su remota geografía prusiana– de perseguir a indios y gauchos, de atraparlos, atarlos a los cañones y hacerlos volar en pedazos, o estaquearlos bajo el sol de esa llanura poblada, precisamente, por ellos, por indios y por gauchos, enemigos huidizos, harapientos, cuya derrota no saciaba ninguna ambición de gloria, sino meramente la sed de matar.

De modo que el soldado desertor, en quien la ambición de gloria era nula, la sed de matar casi inexistente y muy poderoso el pavor a la ira del coronel de las ásperas cadencias teutónicas –el pavor al castigo infundado, arbitrario; el pavor a seguir, pese a ser parte del Regimiento, la misma suerte que a indios y gauchos reservaba el coronel; el pavor a ser arrojado hacia el infinito, en incontables trizas, desde las bocas fragorosas de los cañones–, decidió hacer aquello que habría de convertirlo para siempre, para el resto de sus días, en un soldado desertor. Decidió desertar.

Así, durante una noche sin luna, una noche en que le tocó en suerte ser centinela, custodiar con su vigilia el sueño de sus compañeros, montó, silencioso, un caballo y se lanzó al galope a través de la llanura.

No tenía rumbo alguno. Pertenecía, en ese momento, a esa clase de hombres para quienes huir lo es todo, para quienes huir es la meta, la conquista más heroica, ya que ha sido tan ardua la decisión de huir, y tan poderosa la voluntad para acceder a ella, que lo demás –el destino final, ese lugar seguro y lejano del horizonte donde se podrá, de una vez por todas, reposar– vendrá, merecidamente, por añadidura.

Cabalgó durante dos días y dos noches. Quería estar seguro, salvar su pellejo sin apelación posible, puesto que –lo sabía con una certidumbre lindante con el miedo y el dolor– si el coronel Rauch lo atrapaba, si ponía sus manos sobre él, lo sometería a tormentos indecibles, hendiría su cuerpo una y mil veces, lo torturaría con una imaginación tan diabólica como inagotable, lo torturaría hasta llevarlo a la locura, porque gozaría, Rauch, viéndolo loco, y después, sólo después, muerto. Cabalgó, entonces, durante dos días y dos noches. Cabalgó hasta reventar el caballo. Pero no bien reventó el caballo, no bien se puso de pie, se sacudió el polvo de la llanura y se secó el sudor del rostro y del cuello, miró hacia delante y vio unos ranchos, unos ranchos escasos y miserables. Supo, sin embargo, que allí le darían de comer y de beber. Supo, también, que se había salvado.

Los hombres y mujeres del rancherío lo acogieron con calidez, pero no sin algún recelo. Temían que la mera presencia de un soldado pudiera llevarles la guerra, y nada más inapropiado que la guerra para un rancherío que pugna por crecer. Conque lo alimentaron y hasta le dieron lo necesario para que se afeitara y se bañara, para que se viera pulcro, inmaculado, como si recién saliera a campaña desde Buenos Aires. Sin embargo, soterradamente, le hicieron saber que ningún destino le aguardaba allí, que no le permitirían construir rancho alguno, y, mucho menos, elegir mujer, y que cuanto antes se fuera, mejor para todos, no tanto quizá para él, pero sí, definitivamente, para ellos.

Con el transcurrir de los días esta situación se tornó harto evidente para el soldado desertor: más tarde o más temprano, pero en algún insoslayable momento, debería partir. Así, este sesgo de provisoriedad que adquirió su existencia –se sentía, a veces, como suspendido en el aire, sin amarras, sin nada que lo reclamase en el mundo salvo su sencilla, primitiva y, en verdad, poderosa voluntad de vivir– hizo surgir en su ánimo una doble condición que, al requerir una con tanta perseverancia la presencia de la otra, se tratara quizá de la misma: se volvió solitario y reflexivo. Solitario no sólo porque –tal como había entendido era la exigencia de las gentes del rancherío– no eligió mujer, sino porque tampoco hizo amigos, porque no trabó amistad con nadie, ni siquiera con el gaucho viejo y seco cuyo rancho compartió. Y reflexivo porque le tomó el gusto a las caminatas y a los pensamientos que despiertan las caminatas. Pues, durante las mañanas y durante los atardeceres, sin dejar pasar un solo día, dirigía

sus pasos quedos al monte, buscando el fresco y la soledad, y se perdía entre los matorrales, entre los árboles
altos –inusualmente altos para aquella geografía llana–
y pensaba, arduamente pensaba en cuál habría de ser
su destino, si es que alguno –se decía, ciertas veces, con
desaliento– le aguardaba aún.

¿Regresar a Buenos Aires?, pensaba. ¿Regresar y decir que no era un desertor, sino que –esa noche, la de
su vigilia– había salido a perseguir a un indio y se había
extraviado en la llanura? ¿Buscar al coronel Rauch y
contarle la misma historia aun al precio de que no le
creyera y lo atormentara ejemplarmente para sofocar
en cualquier otro de sus hombres el ansia de desertar?
¿Robarle el poncho harapiento al viejo con quien con-
vivía y unirse a los gauchos federales, a las montoneras
que guerreaban contra Rauch? Y en todo esto pensaba,
en todos estos rumbos –ninguno fácil, ni menos aún de-
seable– sobre los que podría deslizarse su destino, cuando
lo vio, cuando vio la figura más fabulosa que jamás hubiera visto, cuando vio al ciervo dorado, enorme y dorado,
allí, en el monte, apareciendo y desapareciendo entre los
matorrales, detrás de los árboles, magnífico, majestuoso,
destellante, precisamente destellante como destella el
oro, y regresó, entonces, el soldado desertor, al rancherío
y dijo lo que había visto, dijo que había visto a un ciervo dorado, enorme y dorado, un ciervo que brillaba como el oro, o como el sol, ya que mirarlo fijo enceguecía,
y nadie sabe si algo más dijo, ni siquiera los escasos memoriosos lo saben, aunque, sí, saben que nadie le creyó,
que todos se mofaron de él y lo acusaron de proferir
embustes, cuentos sin asidero alguno, desvaríos, y que

a su condición de soldado desertor añadieron la de loco, ya que todos le dijeron que estaba loco, que era, ahora, un soldado loco, un soldado a quien la soledad, el ocio y la ausencia de la guerra le habían extraviado la razón, y que lo mejor que podía hacer era irse, abandonar el rancherío, irse para siempre, no aparecer jamás, porque si ya era peligroso, dijeron, tener entre ellos un soldado desertor, mucho más lo era tener un loco, y mucho, muchísimo más, dijeron, era tener, como tenían con él, ambas cosas, es decir, un soldado desertor y un loco.

De modo que se aprestó a partir. Conservó su espada y sus botas, pero le canjeó al viejo su uniforme por el poncho harapiento y después pidió –ya que lo echaban y, mansamente, aceptaba irse– la misericordia de un caballo, que le dieron, aunque sin montura, y se fue.

Nada dejaba atrás, salvo la imagen del enorme ciervo dorado, que, quién podría dudarlo, habría de permanecer en él hasta el fin de sus días como el instante único, irrepetible, en que su existencia rozó lo maravilloso.

Vagó a través de la llanura durante dos días. O quizá menos; quizá un día o, a lo sumo, un día y medio. Sólo esto. No demoró en encontrar su nuevo destino. Que no fueron las tropas de Rauch, que no fueron las montoneras gauchas, sino que fueron los indios. Una numerosa partida de indios cuyo jefe respondía al sencillo nombre de Arbolito. Les dijo, con algunas pocas palabras y muchas señas, la verdad: les dijo que era un soldado desertor y que deseaba unirse a ellos. Lo aceptaron. En menos de una semana hablaba en su lengua y se preguntaba cómo había podido vivir tantos años sin ser lo que ahora era: un indio. Un indio que cabalgaba junto a otros indios por la llanura, azarosamente, libre.

Cierta tarde, se toparon con un soldado. Venía huyendo como aturdido, o como ciego, torpemente. Era el coronel Federico Rauch. Había librado, en Las Vizcacheras, una batalla contra las montoneras federales y había sido derrotado hasta los confines de la humillación. Ahora huía solo, ahogado por el sol, por el rencor y por su infinita vanidad atormentada.

Arbolito ordenó a sus bravos darle caza, aprisionarlo sin más trámite. Rauch, al verlos, recobró su compostura, desenvainó y, lejos de huir, cargó contra ellos profiriendo insultos, sin duda feroces, en su remota lengua. Fue un combate breve y desigual. El coronel fue atravesado por numerosas lanzas, y la de Arbolito, que le atravesó el corazón, fue la más certera y la última.

Ahora estaba allí, en medio de un lago de sangre que la llanura se bebía, el temible Rauch, muerto. Arbolito ordenó cortarle la cabeza, y el soldado desertor, prestamente, pidió que no se le negara el placer –que Arbolito, generoso, concedió– de ser él quien llevara a cabo tal acción. De modo que se acercó hasta el cadáver del coronel, desenvainó, alzó su diestra y descargó el sable con todo el odio y la fuerza de los vengadores. La cabeza del coronel salió despedida del tronco como la metralla de uno de sus impiadosos cañones. El soldado desertor, de un salto casi felino, se arrojó sobre ella, la agarró de los pelos y la levantó en triunfo para que la vieran los bravos de Arbolito. Ahí estaba: era la cabeza de Federico Rauch, el feroz coronel de las cadencias teutónicas. Y ahora colgaba de la diestra del soldado desertor.

Después –salvajemente, entre gritos de victoria– cabalgaron hasta las puertas de la ciudad portuaria, de la ciudad europea y culta. Y arrojaron sobre ella la cabeza.

Capítulo primero

1

El 10 de octubre de 1928, Pedro Graeff viajó a Buenos
Aires con su hijo Leandro. Llegaron a Retiro a las diez
de la mañana, tomaron un taxi y se instalaron en el hotel
que solía elegir Graeff cuando –siempre, o casi siempre,
por negocios– viajaba a Buenos Aires: el Hotel City, un
hotel de aire europeo, no español sino entre inglés y
alemán, más inglés en algunos aspectos –en el nombre,
por ejemplo–, más alemán en otros –en el gran reloj ob-
sesivamente tallado de la recepción, en la platería del
comedor y, sobre todo, en un piano vertical Bechtein
que definía el estilo y hasta el espíritu de la sala de estar–,
pero, ya en su modalidad inglesa, ya en su modalidad
alemana, impecablemente elegante, y hasta aristocrático.

No era casual que Pedro Graeff eligiera el Hotel City
para residir durante sus días en Buenos Aires: amaba la
cultura alemana y admiraba a los ingleses. No desprecia-
ba a italianos, españoles, polacos o judíos. Cuando Pedro
Graeff elegía algo, su elección no lo conducía a desdeñar
lo excluido. Sabía –y lo sabía porque era un hombre

acostumbrado a reflexionar sobre, por así decirlo, el orden del mundo y sus actitudes respecto de ese orden– que toda elección implica una exclusión, que siempre que uno dice sí a algo está diciendo no a todo el vasto universo de posibilidades restantes, pero este hecho, en lugar de entregarlo al desdén por lo excluido, solía rendirlo a una visión de la vida como permanente empobrecimiento: por cada cosa que somos hay infinitas cosas que no somos y que no seremos nunca. Sin embargo, tan prolijos pensamientos no hacían de él un hombre taciturno, sumergido en las brumas del desencanto o en las asperezas del pesimismo. No, Pedro Graeff era de los que creen que la voluntad lo puede todo, que toda elección es una conquista, y que si bien toda conquista implica una pérdida, el abandono de lo no conquistado, la única actitud que resta es seguir adelante, seguir eligiendo, conquistando la realidad hasta alcanzar, casi mágicamente, la conquista de las cosas que uno creía haber dejado en el camino. De este modo, lejos de desdeñar a españoles, italianos, polacos o judíos, solía sentir la carencia de no poder *además* mirar el mundo desde esos exóticos, fatalmente inasibles para él, puntos de vista.

2

El Hotel City desbordaba de pasajeros, y este desborde respondía a la excepcionalidad de la circunstancia que vivía la República: faltaban meramente dos días para el 12 de octubre, y no se festejaba, esta vez, un aniversario más de la jubilosa llegada de Cristóbal

Colón al continente americano (Pedro Graeff acostumbraba a decirle a su hijo que el no ser español, y el no serlo porque él era *fatalmente* alemán, le vedaba el maravilloso orgullo que debía implicar pertenecer a un pueblo que había descubierto América, generoso continente en uno de cuyos más destellantes, potentes países, la Argentina, ellos, él y su hijo, habitaban), sino que se festejaba –además, pero, quién podría negarlo, sobre todo– la asunción del viejo caudillo radical Hipólito Yrigoyen a la presidencia de la República. Por segunda vez.

La expresión *viejo caudillo* estaba en boca de todos. Algunos ni siquiera decían *caudillo*, sólo decían *viejo*. El viejo Hipólito Yrigoyen. El viejo Don Hipólito. El viejo, sin más. Esto disgustaba a Pedro Graeff, que solía, incluso, ofenderse, discutir con pasión y gesto airado. ¿Qué era esa manía estúpida de asemejar la vejez a la decrepitud, la decadencia o –y esto era lo verdaderamente intolerable– la derrota? La vejez no era la decrepitud, argumentaba Graeff, sino la sabiduría. Y la sabiduría, lejos de ser la derrota, era el triunfo de la inteligencia, de la más alta forma de la inteligencia, la que se ha macerado a lo largo de una vida, la que ha transitado los caminos del dolor y la alegría, de la derrota y del triunfo. Esto, nada menos, era –concluía Graeff ante adversarios silenciosos, vencidos y hasta algo atónitos– lo que había triunfado con el anciano Yrigoyen: la sabiduría de un hombre al que era necesario respetar como al mismísimo General San Martín, como al mismísimo Padre de la Patria. Yrigoyen tenía, en ese esperanzado mes de octubre de 1928, setenta y seis años. Pedro Graeff, cincuenta y ocho. Y Leandro, el hijo de Pedro Graeff, veintidós. Y escuchaba a su padre como si de sus labios surgieran verdades inapelables. Y también creía –como, claro, no podía ser de otro modo, ya que *eso* era lo que su padre creía– que la Argentina era un país destellante y potente, y que el anciano Don Hipólito, con su inabarcable sabiduría, habría de conducirlo por los caminos de la grandeza y la permanente felicidad.

Que el Hotel City desbordara (por la excepcionalidad de la fecha) de pasajeros –muchos de ellos diplomáticos de potencias extranjeras o periodistas de prestigiosos medios de París, Roma o Nueva York– no impidió que Pedro Graeff gozara, una vez más, de una ubicación privilegiada, de una vasta suite del primer piso, con amplia cama con dosel, cortinados de raso y balcón sobre la Avenida de Mayo. Pedro Graeff era un poderoso hombre de negocios. Y, si bien no residía en Buenos Aires, sino en un pueblo poco conocido con un nombre tan extraño como pintoresco, Ciervo Dorado, se decía de él (o más exactamente: se sabía de él) que era el hombre fuerte de ese pueblo, tal vez su dueño indiscutido, y que poseía, además, muchos y dilatados campos que se extendían hasta donde, muy posiblemente, ni siquiera él mismo, Pedro Graeff, lo supiera.

¿Cómo, entonces, aun en medio de los tumultos de ese 12 de octubre, habría de negarle el Hotel City, hotel elegante, europeo, inglés en algunos aspectos, alemán en otros, una de sus más deslumbrantes habitaciones?

3

Ese viaje a Buenos Aires sería decisivo para Leandro Graeff. Nunca había hecho un viaje tan largo, nunca lo había hecho con su padre –nunca había compartido tanto tiempo con él, ni tanto ni tan íntimamente–, nunca había estado en la Atenas del Plata (así solía, con orgullo, llamar Pedro Graeff a Buenos Aires), nunca había imaginado o presentido la belleza anonadante del Hotel City, nunca había visto, como vería, a Hipólito Yrigoyen dirigiéndose a la Casa de Gobierno y, muy especialmente, nunca su padre le había expresado (como le expresaría con, tal vez, impiadosa transparencia) lo que esperaba de él, es decir, lo que Pedro Graeff esperaba que Leandro, en un tiempo que no debería ser lejano, le diera: un nieto.

De un modo incierto pero tenaz, Leandro sabía que tenía esa deuda con su padre. Que le debía esa reparación. Cierta vez Pedro Graeff le había dicho: "No sos mi único hijo porque yo lo haya deseado así. Fue Dios quien lo dispuso. Tu parto fue difícil, complicado. Tanto, que dejó infértil a tu madre". Y Leandro comprendió; comprendió que la frase "Fue Dios quien lo dispuso" era una conmiseración que su padre le otorgaba. Comprendió que su padre había querido decir: "Fuiste vos quien lo dispuso". Y comprendería ahora –en este mes de octubre de 1928, en la deslumbrante Atenas del Plata, en este país que era, aún, más el país de su padre que el suyo y que realizaría su destino de potencia liderado por la sabiduría de don Hipólito Yrigoyen– que él debía reparar el dolor que había inferido a su padre. Que debía casarse y ser fértil. Ser, él, padre de un hijo y así darle a su padre lo que éste pedía: un nieto. "No es mucho", pensaría, con una certidumbre clara y espontánea, durante el viaje de regreso, mientras Buenos Aires se desdibujaba en la lejanía. Al fin y al cabo, estaba de novio y no demoraría en casarse. "No es mucho", pensaría una vez más, sosegado, cuando Buenos Aires fuera meramente una bruma, un recuerdo excitante y una incerteza: volver o no volver jamás, regresar o dejarla en el pasado sin descifrar ninguno de los misterios que amparaba.

4

La novia de Leandro Graeff era Laura Espinosa; y era alta y tenía unos cabellos largos y oscuros y una cara oval y unos labios gruesos que se pintaba de rojo todos los días –sin dejar pasar ni siquiera uno– y era joven (tan joven como Leandro: veintidós años) y era vivaz, tal vez bulliciosa, y era maestra de sexto grado y amaba leer historias de amor, de amores contrariados, imposibles, llenos de impedimentos, de atascos tesoneros, con frecuencia mortales. Leía estas historias en unos *novelines* de publicación semanal que tenían títulos como *Pétalos de sangre*, *Destinos trágicos* o *Pasiones sin freno*. También, con menor persistencia y sobre todo con menor pasión, leía las revistas de actualidad: *El Hogar*, *Atlántida* y *Caras y Caretas*. Y fue en una de ellas –más exactamente: en *Caras y Caretas*– donde leyó unas líneas que habrían de estremecerla de ansiedad y motivarían el pedido imperioso que le haría a Leandro Graeff cuando éste partiera, junto con su padre, rumbo a Buenos Aires. Esas líneas –escuetas, escritas como al descuido– estaban en la sección literaria, que Laura siempre leía con especial cuidado en busca de libros y de historias nuevas, y decían, aproximadamente decían: "Publicada hace ya dos años, *El ángel de la sombra*, la novela de amor de nuestro gran poeta Leopoldo Lugones, se encuentra relegada a un injusto olvido. ¿Quién habrá de rescatarla?". Era todo. Y fue suficiente para Laura: ella habría de rescatarla. Sabía que Leopoldo Lugones era el mayor de los escritores del país. Sabía que Lugones no escribía *novelines*. Sabía que, sin duda, abominaría de ellos. Pero esto no le había impedido escribir una novela en la que el amor fuera el tema central, como en los *novelines*. ¿Cómo sería? ¿Cómo sería la novela de amor de un escritor importante, serio, de un escritor como Lugones a quien se le confería el título de *poeta nacional*? Porque Laura no lo ignoraba: los escritores de los *novelines* no eran literatos importantes. No eran como Víctor Hugo, como Alejandro Dumas o como Anatole France. Lugones, sí. Lugones estaba a la altura de los más grandes escritores de la historia de la literatura. Y él, Lugones, nada menos que Lugones, había escrito una historia de amor. Y se llamaba *El ángel de la sombra* y estaba "injustamente olvidada". Laura Espinosa sabía que con frecuencia el olvido es el destino, inmediato al menos, de las grandes obras. Que hay obras que no encuentran los lectores que merecen, que son injustamente tratadas por la crítica y que fracasan. Todo parecía ocurrir así con esta novela de Lugones. Se propuso enmendar esa falta: ella sería la lectora de *El ángel de la sombra*. Ella le rendiría el culto y la pasión que, no dudaba, merecía. De modo que llamó a Leandro y le entregó un pequeño papel en el que había escrito: *El ángel de la sombra*. Y le dijo: "No dejes de traérmela. Es una novela de amor de Leopoldo Lugones". Y agregó: "injustamente olvidada". Y Leandro, no bien llegó a Buenos Aires, preguntó cuál era la mejor librería de la ciudad, aquélla en la que pudiera encontrar una novela de amor de Leopoldo Lugones, injustamente olvidada. Y, en la recepción del Hotel City, le dijeron: "La librería de Moen". Y un hombre delgado, que fumaba una larga pipa y leía *La Nación*, se le acercó, le confesó que había escuchado su inquietud y luego dijo: "Busque también en la librería de Joaquín Pardo". Leandro, algo extrañado, le dio las gracias.

5

No porque pensara –como hombre próspero y de persistente vitalidad– que su situación en la vida requería la posesión de una amante, sino porque ella lo había deslumbrado como ninguna otra mujer lo había hecho, deslizándolo a una situación de adulterio que omitía ciertas convicciones acerca de la fidelidad conyugal que solía sustentar, Pedro Graeff, siempre que residía en Buenos Aires, siempre que lujosamente, acaso con algo de pompa o de fasto, se instalaba en el Hotel City, acostumbraba a visitar a Irene Von Döry, una mujer de treinta y ocho años, viuda de un conde húngaro y poseedora de una reputación, por así decirlo, dudosa, que era, para Graeff, uno de sus más distinguidos encantos.

Irene Von Döry vivía en el cuarto piso de un edificio de la calle Florida. Se decía –ella dejaba esas zonas de su vida en una vaguedad que le confería un hálito de misterio, de mujer improbable– que su marido había muerto en un duelo a florete, en París, defendiendo la honra incierta de esta mujer tumultuosa. Se decía que había heredado una fortuna más que estimable. Se decía que se había enamorado perdidamente del hombre que ultimó a su marido. Se decía que éste, al cabo de un tiempo, la había desdeñado. Se decía que ella le había dado muerte de un solo, certero balazo en el corazón. Se decía que no era otra la causa por la que había viajado a Buenos Aires. Que deseaba poner un océano entre ella y la historia de amor y de muerte que cobijaba su pasado. Se decía que había perdido su estimable fortuna entre el alcohol, el juego y unas fiestas escandalosas que solía provocar en una quinta que rentaba en Vicente López. Se decía que había sobrevivido a tantas adversidades y que había conservado su piso en la calle Florida cultivando el viejo arte que suelen cultivar la mayoría de las condesas hermosas y empobrecidas. Se decía que hablaba un francés exquisito, un alemán impecable y un español cuyas erres sonaban como pequeños rugidos o jadeos, dignos de un animal suntuoso. Se decía que ya no cultivaba el arte de las condesas empobrecidas. Que era la fiel amante de Pedro Graeff. Y que era, una vez más y tal vez para siempre, feliz.

6

El 11 de octubre, un día antes de la esperada asunción de Yrigoyen, Pedro Graeff tuvo un almuerzo de negocios que giró en torno a la compra de un par de maquinarias agrícolas. Bebió algo de vino, lo aburrieron las disquisiciones de sobremesa y, casi sorpresivamente, fue poseído por el deseo irrefrenable de dormir una larga siesta en el piso de Irene Von Döry. Le habló por teléfono y le dijo que lo esperara, que en menos de diez minutos estaría allí. Ella, complaciente, aceptó la propuesta. Y también le sugirió que se quedara a tomar el té. Que si lo hacía, dijo, le aguardaba una sorpresa. Y añadió: "Una dulce sorpresa". Y dijo esta frase en alemán, idioma, según ha sido dicho, que hablaba impecablemente y con el que, no en rara medida, solía seducir a Graeff, quien, en menos de media hora, yacía sobre la amplia cama de Irene emitiendo robustos ronquidos a través de su boca entreabierta. Eran las cuatro de la tarde cuando despertó.

La "dulce sorpresa" era una torta *Dobos* que la misma Irene había preparado. Era una torta que provenía de su historia lejana: la había aprendido de las cocineras del conde húngaro que muriera durante un amanecer parisino defendiendo su honra. Eran varias capas de masa delgada que cobijaban una crema suave urdida con manteca y chocolate. Graeff, gozoso, hizo honor a tal exquisitez devorando varios pedazos y acompañándolos con un té de aroma tan sutil como el estilo que Irene tenía para, sencillamente, existir. Luego bebieron un cognac.

Irene, entonces, le propuso leer algo. A Graeff lo turbó la propuesta, ya que no estaría esta vez mucho tiempo en Buenos Aires y deseaba, por consiguiente, regresar a la cama de la condesa, pero no ya solo y mucho menos para dormir. Se lo dijo. Ella sonrió, sus ojos brillaron joviales y le respondió que la prisa no era buena consejera para algunas cosas y que luego de haberse devorado semejantes trozos de torta *Dobos*, luego de haber caído en los pecados de la gula debía darle tiempo a su cuerpo para caer en los de la carne. Insistió en leerle algo. Graeff aceptó. ¿De qué se trataba? Irene dijo que la torta *Dobos* pertenecía a una de sus historias, a una cara de su pasado, la de su vida con el conde húngaro, la de su vida en París durante los años de la gran guerra, que, para ella, se habían deslizado entre la opulencia y el tedio. Pero, añadió, lo que ahora quería leerle pertenecía a sus años de jolgorio y de lujuria. A los años de las fiestas en la quinta de Vicente López. Allí, en 1919, solía leer a sus amigos unas historias que, dijo, despertaban los sentidos. De modo que extrajo de un barqueño un pequeño magazine de no más de veinte páginas. Se llamaba *La novela picaresca*. Era de mayo de 1919 y en su tapa, que Graeff miró con apetencia, una mujer con un deshabillé exiguo y transparente –transparencia que permitía adivinar, o algo más que adivinar, la turgencia de sus senos y el punto perfecto, pequeño y provocativo de sus pezones–, con unas medias negras ceñidas a los muslos por unas ligas floreadas y con unas pantuflas a punto de deslizarse desde sus pies pequeños, miraba secretamente al furtivo lector, ya que cubría buena parte de su cara con su brazo izquierdo, dejando caer, con sabia languidez, su mano sobre el desnudo hombro derecho y sonriendo de un modo tan incitante que prometía los placeres más intensos y sorprendentes de este mundo a quien, impulsado por un deseo tan enorme que superara todo temor, osara poseerla. Irene Von Döry dijo que la historia se llamaba *Confesiones picarescas* y que su autor,

Guy de Maupassant, era un francés que había muerto cerca del fin de siglo. Siempre, aclaró, que el extinto conde Von Döry no se hubiese equivocado, ya que todo cuanto ella sabía de literatura se lo había enseñado él. Y sólo eso, abundó, le había enseñado. "Porque todo lo demás", añadió con una picardía arrasadora, "lo aprendí yo sola". Y empezó a leer: "Estaban alegres, más que alegres, la baronesita de Fraisieres y la condesita de Gardens". A Graeff lo encendieron esos diminutivos: *baronesita, condesita.* Así imaginaba al pecado: leve, vaporoso; más perverso cuanto más diminuto y sutil. Irene continuó: "Habían comido a solas en un mirador, frente al mar, sintiendo la brisa fresca y suave del anochecer, la salada brisa del océano. Jóvenes las dos, recostadas en los divanes, sorbían poco a poco unas copitas de Chartreuse, fumando cigarrillos turcos y haciéndose confidencias íntimas que una embriaguez dichosa impelía hasta sus labios". Graeff no necesitó más: tomó a Irene Von Döry entre sus brazos fuertes, la llevó al dormitorio y la arrojó sobre la cama. Irene, mientras él la desnudaba, susurró: "Para después, tengo cigarrillos turcos".

7

Alrededor de las cuatro de la tarde, Leandro salió del Hotel City y caminó hasta encontrar la calle Florida. Caminó lentamente, mirando a un lado y a otro, a los edificios y a las personas, a los árboles, a los carteles con el rostro de Yrigoyen. Que decían: Yrigoyen, 1928-1934. Sintió que estaba en el corazón del país, y que ese corazón era grande, agitado, fecundo en sonidos y colores. Durante el viaje en tren, a punto de arribar a la gran ciudad, su padre le había dicho con orgullo: "Buenos Aires es la quinta capital del mundo y la que más se parece a París". ¿Conocería, alguna vez, París? Si Buenos Aires, que era tan majestuosa, meramente se le parecía, conjeturó que París debía estar más allá de todo cuanto él pudiera imaginar. Y esta idea, lejos de provocarle el deseo de conocer París, le provocó una repentina sofocación. ¿Para qué ir tan lejos, para qué padecer hasta tal extremo la propia insignificancia? Porque, en medio de tantos deslumbramientos, Buenos Aires ya comenzaba a provocar en él un sentimiento inesperado, tan imprevisible como real: el de su pequeñez. No podía –como, era harto evidente, podía su padre– arrogarse la posesión de esa ciudad. Él era y sería siempre ajeno a tanta grandeza, a tanto esplendor. Y esta certidumbre definía tan claramente a Leandro como la ausencia de ella definía a Pedro Graeff.

En la librería de Moen, un hombre rollizo que fumaba un cigarro maloliente y no cesaba de secarse una enigmática (era octubre y no hacía calor) transpiración con un pañuelo arrugado y coherentemente húmedo le dijo que no tenía un solo ejemplar de esa (y dijo *esa* con algún desdén) novela de Leopoldo Lugones. Leandro recordó entonces al hombre que en el Hotel City le aconsejara, en caso de poca suerte en lo de Moen, buscar la librería de Joaquín Pardo. Le preguntó al hombre rollizo dónde quedaba y el hombre rollizo, ya no con desdén sino con un aburrimiento que tal vez surgiera de un escepticismo profundo, le dijo: "No sé. Supongo que en algún lugar de Buenos Aires ha de estar". Leandro respondió: "Me dijeron que está en la calle Florida". El hombre rollizo dijo: "Ya ve, sabe más que yo. Hubiera debido ahorrarme su pregunta". Secó su cara con el pañuelo arrugado y coherentemente húmedo, pitó su cigarro y, luego, un humo amarillento omitió su abultada figura. Leandro salió a la calle. La ciudad le pareció aún más infinita, más adversa y hostil.

En la librería de Joaquín Pardo lo recibió un joven afable y conversador. No bien Leandro le hubo confesado que venía de lo de Moen le preguntó: "¿Lo atendió el gordo?". Leandro dijo que sí. El joven dijo: "Está totalmente loco ese pobre hombre. Se dice que hace dos años asesinó a su mujer. Que luego descubrió que no podía vivir sin ella, que se pegó un tiro con un revólver de escaso calibre, que la bala se le quedó en la cabeza y que, por supuesto, ahora habla disparates todo el tiempo". Sonrió, como si le hubiera regocijado contar esa historia pavorosa, y preguntó: "¿Qué busca?". Se oyó una voz: "Yo sé lo que el joven busca". Era el hombre del Hotel City, el que fumaba una larga pipa y leía el diario *La Nación*. El que le había dicho: "Busque también en lo de Joaquín Pardo". Ahora le extendía su diestra y decía: "Soy Joaquín Pardo". Leandro estrechó su mano. Pardo miró al joven conversador, le hizo un leve gesto con la cabeza y el joven conversador, como atemorizado, desapareció tras una puerta sin decir palabra alguna. A Leandro le sorprendió esa actitud, esa sumisión, esa salida brusca, extraña y descortés para con él. Pensó que Buenos Aires era una ciudad sorprendente habitada por seres enigmáticos, indescifrables.

Joaquín Pardo extrajo un pequeño libro del anaquel de una de las bibliotecas. Se lo entregó a Leandro y dijo: "Aquí lo tiene. *El ángel de la sombra*, novela de amor escrita por nuestro poeta nacional". Se detuvo. Se miraron a los ojos, fijamente. Leandro bajó los suyos con el pretexto de leer algún párrafo del libro. Pardo preguntó: "¿Es para usted?". Leandro dijo que era para su novia. "Parece que le gustan las historias de amor", afirmó Pardo. Leandro dijo que sí, que era muy joven y que, claro, le gustaban las historias de amor. "Es una buena novela", dijo Pardo. "Pero no tuvo suerte don Leopoldo. No le gustó a nadie. Creo que nuestro gran poeta está buscando su suerte por otro lado." Se detuvo. Leandro lo miró. Pardo dijo: "Lugones es el próximo presidente de este país. Y mucho antes de lo que el viejo Yrigoyen supone". Le extendió la diestra a Leandro. Dijo: "Fue un placer conocerlo, joven". Y añadió: "No deje de contarme si a su novia le gustó *El ángel de la sombra*. Y dígale que trate de disfrutarla. Sabe, no creo que Lugones escriba otra novela". Sonrió con malicia y dijo: "Los presidentes no escriben novelas. Ni siquiera los presidentes como Leopoldo Lugones, a quien le gusta tanto escribir". Inclinó levemente la cabeza. "Buenas tardes", dijo. Leandro dijo buenas tardes y salió a la calle. Había, ahora, menos gente. Abrió el libro y leyó la primera frase: "Entre los asuntos de sobremesa que podíamos tocar sin desentono a los postres de una comida elegante: la política, el salón de otoño y la inmortalidad del alma, habíamos preferido el último, bajo la impresión, muy viva en ese momento, de un suicidio sentimental". ¿Qué quería decir todo eso? ¿Qué era un suicidio sentimental? ¿Para qué quería Laura leer esas cosas? Cerró el libro, miró a la gente y, allí, entre la gente, vio a su padre. Caminaba con lentitud y fumaba un cigarrillo. De pronto se detuvo, giró y miró hacia un edificio cercano. Leandro siguió la dirección de su mirada. Descubrió entonces, en un cuarto piso, a una mujer que le pareció, aun a esa distancia (¿o sería, tal vez, por eso?) hermosa. La mujer vestía una leve bata que la brisa de la tarde agitaba, como agitaba, también, sus cabellos largos y oscuros. Pedro Graeff llevó su mano al sombrero y, sonriente, apacible, saludó a la mujer. Ella llevó su mano a los labios y le tiró un beso. Graeff giró quedamente, arrojó al suelo su cigarrillo, lo pisó y continuó caminando. La mujer desapareció detrás de una amplia ventana. Leandro, largamente, permaneció inmóvil, aprisionado por la infinita sorpresa y el miedo. Nunca –salvo el día sanguinario del asalto, el imborrable día del tiro de gracia y el castigo– su padre le había parecido un ser tan recóndito, ajeno por completo a su conocimiento.

Buenos Aires, atinó a pensar con torpeza, era aún más enigmática y peligrosa de lo que jamás había imaginado.

8

Leandro no ocupaba la misma habitación que su padre. Para su alivio, esta cercanía le había sido vedada por la prolijidad con que Graeff organizaba las cosas. Leandro estaba en una pequeña habitación del tercer piso; no modesta (no había nada *modesto* en el Hotel City) pero sí austera, mesurada. Durante el viaje había temido la posibilidad contraria: que su padre le hiciera compartir su habitación, que tuviera que vestirse o desvestirse ante él o cerca de él, que tuviera que compartir su baño, verlo dormir o escucharlo roncar (sin saber por qué sospechaba que su padre debía, forzosamente, roncar), ver, en suma, cualquiera de las formas de su desnudez. Nada de esto había ocurrido. Y Leandro, en su interior, se lo agradecía a Pedro Graeff. Le agradecía que no lo hubiera sometido a las tensiones de una intimidad no sólo indeseada, sino también temida. Tanto lo acosaba esta idea que le impedía siquiera atisbar la otra cara de la cuestión: que fuera su padre quien temiera (o, al menos, no deseara) compartir la habitación con él, someterse a su mirada, hacerle oír sus ronquidos, oler sus olores y, sobre todo, exhibir ante él un cuerpo que ya no era joven, que aún era vigoroso, fuerte, pero no ya joven como era joven el cuerpo de Leandro, que también era vigoroso, que también era fuerte, pero que era, además y a diferencia del cuerpo de Pedro Graeff, joven, natural y espontáneamente joven.

Ahora caminaban juntos hacia el Club Alemán. Anochecía y un frío inusual para la época se había posesionado de la ciudad. Pedro Graeff llevaba sobretodo, sombrero, guantes y bastón. A Leandro lo cautivó esa imagen de su padre. La elegancia con que usaba el bastón. Nunca usaba bastón en Ciervo Dorado. O él no recordaba haberlo visto. Ahora, sí, lo veía: el bastón acompañaba los pasos de Graeff y ofrecía un sonido elegante y firme. Leandro pensó que su padre era un señor, un hombre digno y laborioso que se había ganado el derecho a caminar como ahora caminaba por la gran ciudad: con la frente erguida, la mirada serena, impasible, y el andar quedo y hasta algo solemne. Todo sucedía como si fuera él, Graeff, quien le hiciera un favor a Buenos Aires al dignarse a caminar por sus veredas.

El Club Alemán estaba en la avenida Córdoba entre Maipú y Esmeralda. Leandro se estremeció al verlo: parecía una fortaleza medieval. Su padre le dijo: "Ahí dentro reina la *Gemütlichkeit*". Y Leandro, a quien la palabra le sonó imponente, no le preguntó qué era eso. Entraron.

Se sentaron junto a una chimenea de mármol. Ardían en ella unos leños tan poderosos que entregaban la certeza de no apagarse nunca, de dar calor para siempre. Pedro Graeff ordenó un cognac, un cognac con un nombre tan imponente como era imponente la palabra *Gemütlichkeit*, y encendió un cigarro. Miró a su hijo y, con honda calidez, le confesó: "Me alegra que estés aquí, conmigo. Te quiero mucho, Leandro". Leandro sonrió y aceptó una vez más algo que no ignoraba: que su padre lo quería y que, más aún, era capaz de decírselo. Pedro Graeff era un hombre transparente: su ira, su amor o su odio no sólo asomaban siempre a su rostro, sino que vivían en sus palabras. Esa franqueza, sin embargo, tenía el raro efecto de atemorizar a Leandro, tal vez porque él —que no era más débil ni menos sincero que su padre— prefería caminos laterales para expresar algunas de sus emociones. Trajeron el cognac.

Pedro Graeff llenó hasta la mitad la copa de Leandro. Por primera vez iban a tomar juntos alcohol. Leandro se dijo: "Me trata como a un hombre". Sospechó, también, que de un trato como ese habría de surgir una petición, una exigencia. Una exigencia que él debería cumplir. Porque sabía, como saben todos, que ser hombre es ser inexcusable, es quedarse sin excusas para no cumplir con lo que un hombre debe cumplir, con lo que todos, simple y naturalmente, esperan que un hombre cumpla. Pedro Graeff, entonces, dijo: "Quiero decirte algo, Leandro". Y Leandro supo que estaba por sostener con su padre la conversación más importante de su vida, ahí, en el Club Alemán, donde reinaba la enigmática *Gemütlichkeit*, junto a esa chimenea destellante, de leños poderosos, perpetuos.

9

Y Leandro demoró en saber qué quería decirle su padre, porque su padre fue diciéndole muchas cosas; algunas, incluso, confusas. O, al menos, confusas para Leandro. Sin embargo, todo comenzó a despejarse no bien comprendió algo: cuanto le estaba diciendo Pedro Graeff era eso que, había dicho, quería decirle. Así, le escuchó decir que le resultaba sorprendente acercarse a los sesenta años. Que hay edades, dijo, que son como mojones en la vida. Cuando uno llega allí se sorprende, ante todo, por haber llegado. "De joven, no pensaba vivir tanto", confesó. Leandro le dijo que no tenía *aún* sesenta años, sino cincuenta y ocho. Graeff le preguntó si no era lo mismo. Leandro dijo que no, que dos años eran dos años, es decir, bastante. Graeff sonrió complaciente y le dijo que un joven como él no podía saber cuántos años eran dos años para un hombre de casi sesenta; que a los veintidós, como él tenía, dos años parecían ser mucho tiempo, pero, dijo, cuando un hombre traspasa el mojón de los cincuenta los años pasan veloces y, entonces, dos años no son nada. "De modo que podemos decir que soy un hombre de sesenta años sin faltar a la verdad", concluyó. Luego dijo: "No creo morir pronto, tampoco lo deseo; pero siento que mi vida ya no alcanza para perpetuarme, sino que, para hacerlo, necesito otras vidas". Tomó el vaso de cognac, bebió un trago y miró con fijeza a Leandro. Dijo: "Tu vida sobre todo, Leandro. Porque tu vida es joven, potente y está lanzada hacia el futuro". Dejó el vaso sobre la mesa y continuó: "Hay algo que sabés: tu nacimiento fue una alegría y un infortunio". Una alegría, aclaró, porque con él llegaba el hijo que esperaban, un sano y robusto hijo varón, al que habían amado desde entonces y al que amarían hasta el fin de sus vidas. Y un infortunio porque ese nacimiento impidió cualquier otro, "porque tu madre", dijo Graeff, "quedó infértil". Y no sólo infértil, añadió, sino algo más. "Quedó", dijo, "triste, abatida, espiritualmente infértil". Le dijo que su madre no siempre había sido así –como él, ahora, la conocía–, sino que había sido una mujer alegre, fresca, con un enorme apego por la vida. "Pero todo cambió cuando le dijeron que ya no podría dar a luz otra vez. Se apagó. No poder dar a luz apagó su propia luz. Desde entonces es como es. Toca un poco el piano y deja pasar la vida". Y Graeff vio el abatimiento, la tristeza en el rostro de Leandro. Su hijo, comprendió, estaba sufriendo, se sentía el culpable absoluto de la infertilidad y la melancolía insalvables de su madre. Los ojos de Leandro brillaban, llorosos. Graeff supo que debía atenuar su relato. Amaba a su hijo y no deseaba agobiarlo con una culpa que no merecía, ya que todo cuanto había ocurrido era ajeno a su voluntad. Le dijo, entonces, que no le contaba esas cosas para señalarlo, para infligirle el estigma de la desgracia. "Entendeme bien, no sos culpable de nada", insistió. "Hay un Dios, yo creo en Él y en la sabiduría de sus mandatos". Le dijo que él, como hombre de fe, creía en un plan divino, y creía que Dios, tarde o temprano, premiaba a los justos y a los laboriosos por caminos inesperados; y que, a veces, insistió, ese premio llegaba al final del camino o en el atardecer, cuando es más necesaria la dicha porque son menores las fuerzas para sobrellevar la adversidad.

Leandro bebió su cognac, que le ardió en la garganta como si fuera parte de su tormento, miró a su padre y preguntó qué podía hacer él, que se lo pidiera ya mismo porque él lo haría, porque nada deseaba más que el regreso de su madre a sus días de alegría, y ser, también, el que le asegurara a su padre que los días del atardecer habrían de ser dichosos. Pedro Graeff, muy sencillamente, le dijo entonces que se casara y que tuviera un hijo. Que su madre, en ese nieto, encontraría la prolongación de su fertilidad trunca y él, en ese nieto, encontraría su perennidad, su perpetuación y una certeza maravillosa: que Dios había escuchado sus ruegos, y que premiaba su vida justa y laboriosa con un nuevo ser que llevaría su sangre, su nombre y le entregaría la dicha necesaria para sobrellevar las adversidades, los inevitables dolores del final. Oscuramente, con la garganta en llamas, aturdido, Leandro comprendió que su padre acababa de pedirle que fuera Dios. O Su instrumento.

10

Cenaron allí, en el Club Alemán, en una sala íntima, sentados a una mesa pequeña, cerca de una chimenea en la que también ardían leños persistentes. Pedro Graeff ordenó a un grave mozo de guante blanco que sirviera vino en la copa de Leandro. Y dijo: "Esto es la *Gemütlichkeit*. Esta intimidad, Leandro, esta paz, esta certeza de estar en el hogar es la *Gemütlichkeit*".

Luego, y esto sorprendió a Leandro, su padre lo llevó a una reunión de hombres relevantes, de prominentes socios del Club que fumaban cigarros y bebían alcohol y hablaban como eso que, sin duda, eran: los dueños de ese lugar, los que lo merecían, los que lo habían hecho suyo para siempre. Graeff ubicó a Leandro junto a él y lo palmeó con afecto y firmeza en el hombro: era su hijo, decía ese gesto, y ya merecía estar allí tanto como él y como todos los otros, quienes esperaban a alguien que no demoró en aparecer: el teniente Enrique Müller. Pidió un whisky y dijo que sí, que las cosas eran como todos sabían y deseaban que fuesen, que el Ejército no permitiría gobernar a Yrigoyen más que un par de meses. Pedro Graeff, con voz ronca y fuerte, dijo que él no sabía que las cosas fueran así y que mucho menos lo deseaba. El teniente lo miró con irritación. Le dijo que estaba bien informado, que su voz era la del Ejército y que el Ejército era la garantía del futuro de la patria, su verdadera fuerza, su potencia. "Yrigoyen no dura dos meses", insistió. Graeff dijo que eso sería lamentable, que Yrigoyen era un hombre sabio y que la Argentina era un país potente por naturaleza y que no necesitaba de la potencia de las armas sino de la sabiduría de una administración cautelosa. El teniente Müller respondió: "Le guste o no a usted, el general Uriburu es nuestro próximo presidente". Hubo un prolongado silencio. Alguien, entonces, dijo: "Según me informaron, nuestro próximo presidente es Leopoldo Lugones". Graeff miró a su hijo: él había dicho eso. No pudo evitar una sonrisa complacida: era necesario tener coraje para contradecir a un militar en el Club Alemán. Müller miró a Leandro entre sorprendido y desdeñoso. Hubo otro silencio. ¿Se dignaría contestarle? "¿Es su hijo?", preguntó a Graeff. "Mi hijo", asintió Graeff. Müller volvió a mirar a Leandro y dijo: "El poeta Lugones sólo sabe hacer versos, como todos los poetas. Y nada más. Hoy, el hombre fuerte de la patria es el general Uriburu". Y añadió: "Lo mismo pasa en nuestra Alemania. El mariscal Hindenburg es un cascajo que se agrieta día a día y la fuerza está en un hombre joven, enérgico, lleno de ideales". Hizo una pausa y añadió: "Todos sabemos de quién estoy hablando". Graeff se puso de pie y dijo: "Yrigoyen no es Hindenburg, no es un cascajo viejo. Yo voté por él y espero mucho de su sabiduría. Usted, teniente Müller, es muy joven y, como todo joven, cree que la fuerza es patrimonio de la juventud. Se equivoca". Miró a los demás y agregó: "Señores, buenas noches. No me interesa esta conversación". Se fue y Leandro, luego de hacer un leve gesto de despedida, lo siguió.

Salieron del Club Alemán. La noche era transparente y fría. Pedro Graeff murmuró: "Mocosito de mierda". Y Leandro se sintió orgulloso de su padre, de sus convicciones, de la firmeza con que las defendía.

11

Al día siguiente fue la asunción de Yrigoyen. Luego del juramento en el Congreso, el viejo caudillo atravesaría la Avenida de Mayo rumbo a la Casa de Gobierno. Graeff, dispuesto a no perderse semejante espectáculo, se instaló, junto con Leandro, en el piso que Salvador Giménez –un diputado radical de su amistad, aunque antipersonalista, enemigo de Yrigoyen y amigo de Alvear– poseía sobre la avenida. Y le confió los vaticinios que había escuchado en el Club Alemán: que los militares voltearían a Yrigoyen en menos de dos meses. Giménez rió socarrón y luego dijo: "Al viejo don Hipólito lo van a voltear las mujeres, no los militares". Y como Graeff lo mirara con extrañeza, agregó: "Está lleno de vicios el caudillo. Vive acosado por jóvenes prostitutas y por lujosas cortesanas que sólo representan la ambición de sus maridos. Y a nada de esto sabe negarse, decir ¡basta!, sino que se entrega al vicio con la bobería patética de los viejos verdes". Volvió a reír y aún añadió: "Yrigoyen está acabado, amigo Graeff. La Argentina necesita un nuevo caudillo".

Poco más tarde, en un coche descapotado, de pie, saludando afablemente, rodeado de amigos, funcionarios y simples ciudadanos, Yrigoyen recorría la Avenida de Mayo en busca de la Casa de Gobierno. Pedro Graeff, al verlo, se preguntó si el costo inevitable de la vejez sería la indefensión ante los propios y antiguos vicios, es decir, no sólo la decadencia, sino también la indignidad.

Al atardecer, en la imponente estación Retiro, subían al tren que los llevaría a Ciervo Dorado. Pedro Graeff comenzó a leer la edición del diario *Crítica*, que celebraba a Yrigoyen más allá de toda mesura. Y Leandro, con el rostro fijo hacia la ventanilla, veía desvanecerse a Buenos Aires en medio de un crepúsculo terso, tan maravilloso como inapresable y ajeno. Se preguntó si volvería alguna vez. Se dijo que en caso de hacerlo haría dos cosas: vendría solo y así, solo, visitaría a la misteriosa mujer de la calle Florida, la que vivía en ese cuarto piso que reconocería fácilmente, la que había arrojado un beso a su padre, la que apenas vestía una bata leve, la que le pareció hermosa con sus cabellos largos y oscuros agitados por el viento suave del ocaso, la que había atrapado su conciencia en las redes imprudentes de la indiscreción.

Capítulo segundo

1

No habría de morir sin que algo extraordinario ocurriera en su vida. Se preguntaba, a veces, si esa certeza no suponía un riesgo absoluto, fatal: morir no bien ocurriera ese suceso, morir con él o a causa de él, morir con lo extraordinario. Se respondía que valía la pena, que si el precio que había que pagar por trastocar lo cotidiano, por quebrar el rumbo de una vida sin alternativas, ya decidida por sus mayores, por asomarse a lo misterioso, a lo inesperado, por vivir algo que no tuviera que ver con nada, que hiciera añicos lo previsible –sobre todo esto: un acto único y prodigioso que destruyera la sofocación que la previsibilidad de su vida le imponía–, que, en suma, si para todo esto, se respondía Laura Espinosa, era necesario morir, bendita entonces la muerte, ya que habría de ser una luz portentosa que arrasaría con todo el polvo, con toda la ceniza, con todos los tules deslucidos de una existencia sin revelaciones, sin justificación alguna.

Tanto el deseo –el deseo de vivir un acto extraordinario– como su grandilocuente respuesta –valía la pena morir con tal de protagonizarlo– provenían de su apasionada lectura de los *novelines*. Sin embargo, algo diferenciaba a Laura de las padecientes heroínas de esos relatos: para ellas, lo extraordinario era siempre el amor, y siempre sabían cuándo no estaban enamoradas, o cuándo sí, cuándo su corazón se desbarataba por la ausencia, por la carencia del amor y cuándo ardía en el goce infinito de su posesión. Laura, en cambio, no sólo creía que lo extraordinario podía provenir de otros ámbitos que no fueran los del amor, sino que desconocía si estaba o no enamorada. De aquí que envidiara profundamente a las heroínas de los *novelines*: parecían conocer mejor que ella los avatares del alma. Sabían si sufrían o si eran felices, si tenían lo que deseaban o vivían en la agonía de no tenerlo, si amaban o no amaban, si eran amadas o no, si era el momento del sacrificio supremo, de la entrega absoluta o el de la prudencia, el del recato. Laura Espinosa sabía que habría de casarse con Leandro. Pero, ¿lo amaba? ¿Era Leandro lo extraordinario en su vida? ¿Era Leandro el amor? Sabía, lúcidamente sabía, que nada en la vida era como en los *novelines*. Que en los *novelines* se amaba más, se odiaba más, se sufría más, se gozaba más. Que todo, sabía, era en los *novelines* dos o tres veces más vigoroso, más pródigo que en la vida. Pero esta certidumbre no le traía la calma. ¿Por qué aceptar que la realidad supone el desvaimiento de las pasiones? ¿Por qué no proponerse hacer de la propia vida una vida digna de las opulencias pasionales de los *novelines*?

El mundo de los *novelines* era también el de lo prohibido y el del castigo. Ninguna pasión aceptaba lo establecido, todas se le oponían. La pasión era más intensa

cuanto más imposible su realización. Así, los amantes
pertenecían –casi siempre– a mundos diferentes, con
frecuencia enfrentados: la chica pobre y el joven rico; la
mujer joven y hermosa y el hombre casado y lleno de
obligaciones; la mujer casada y el joven soltero, impetuoso e irresistible. La pasión era siempre el pecado, lo que
no debía ser, lo imposible: que el joven rico abandonara
a su prometida por el amor de la joven pobre, que el
hombre casado y lleno de obligaciones renunciara a todo
por el amor de la mujer joven y hermosa, o que la mujer
casada se entregara a la locura del adulterio trastorna-
da por el deseo del joven soltero, del joven impetuoso
e irresistible, tan irresistible como el pecado. Pocas veces
era la felicidad lo que esperaba al final. Casi siempre era
el castigo. Para los *novelines*, nada parecía ser más fasci-
nante que los amores imposibles. De este modo, el joven
rico retornaba a los brazos de su prometida, el hombre
casado aceptaba la monótona placidez de su hogar y la
esposa adulterina retornaba al amparo de su marido, a
la crianza de sus hijos, al piano de la sala. Era una de las
formas del castigo: no poder vivir lo deslumbrante, lo
prohibido, y aceptar la rutina cobarde de una vida sin
asombros. Pero, aun, el castigo solía ser peor: porque la
mujer pobre enfermaba gravemente, o la mujer joven y
hermosa se marchitaba o el joven impetuoso e irresistible se pegaba un tiro y los otros, los que creían haberse
salvado de los costos que imponían las pasiones prohi-
bidas, vivían el resto de sus vidas no sólo entre los vahos
grises de la conformidad y la cobardía, sino acosados
por una culpa atroz: ser responsables de la desdicha o
de la muerte del ser que los había amado, del ser al

que ellos –en el más enceguecedor momento de sus existencias– habían entregado sus corazones jubilosos.

Laura Espinosa, atrapada por el vértigo de estas historias, se preguntaba cuál sería su pasión imposible, su pasión prohibida, su pecado, y su castigo.

2

El mundo de los *novelines* la arrojaba –con una lógica tan impecable como tenaz y hasta compulsiva– a otros mundos: al de la belleza, al de la salud y al de la moda. El amor, la pasión, lo prohibido, lo extraordinario parecían entregársele más asiduamente a una mujer bella, saludable y bien vestida que a una que no cumpliera con ninguno de esos requisitos. Poseída por esta certeza, Laura Espinosa solía consagrarse a otras lecturas que funcionaban como complemento de los *novelines*. Eran los *magazines* como *Caras y Caretas*, las revistas aristocráticas como *El Hogar* o *Atlántida* y, muy especialmente, una revista destinada –desde su título– a la mujer: *Para Ti*, bajo cuyo nombre se leía (y Laura Espinosa lo había leído estremecida el día en que compró su primer ejemplar): *Todo lo que interesa a la mujer*. A la mujer le interesaba –le *debía* interesar– ser bella. Había fotos, muchas fotos para ilustrar este imperativo. Una de Joan Crawford se destacaba en página central. Decía: *Joan Crawford, famosa estrella de la Metro Goldwyn Mayer*. Y era la mismísima Joan Crawford la encargada de develar el secreto de su belleza. La nota llevaba por título: *Por qué las actrices nunca envejecen*. Y decía: "De todo lo concerniente a la profesión teatral nada hay más enigmático para el público que la perfecta juventud de sus mujeres. Con cuánta frecuencia oímos decir: '¡Cómo, si la vi hace cuarenta años en el papel de Julieta y no representa ahora un año más de edad!'. ¡Qué extraño es que la generalidad de las mujeres no haya aprendido el secreto de conservar la cara joven! ¡Y qué sencillo es comprar cera pura mercolizada en la farmacia, aplicársela al cutis como cold cream, quitándola con agua caliente por la mañana! Esta es la razón por la cual las actrices nunca envejecen". Laura sabía que la cera pura mercolizada era imprescindible. Sabía, también, que había otras alternativas: la Crema de Miel y Almendras Hinds. Que había que aplicarla a la mañana, y no a la noche como la cera mercolizada. "En la mañana aplíquese un poco de crema Hinds y polvéese. La Crema de Miel y Almendras Hinds le ofrece a usted la manera más fácil y sencilla de proteger la tez y conservarla blanca, aterciopelada, juvenil." Porque era así y Laura lo había aprendido apasionadamente en los *novelines*: la tez debía ser blanca, casi pálida, como la de las heroínas que sufren destinos extraordinarios en los que el amor, con frecuencia, se pierde y la palidez del dolor se posesiona del rostro. Pero el sufrimiento –aun cuando fuera un estado bello y poético del alma– podía ocasionar un terrible flagelo: las arrugas. "Las arrugas desaparecen instantáneamente con Malvaloca. El tratamiento de las arrugas con Malvaloca es sencillísimo. No requiere masajes ni manipulaciones molestas. Bastan dos o tres aplicaciones y a los cinco minutos ya se aprecia su efecto maravilloso. Sensación grata y refrescante." Otros peligros acechaban a las mujeres: las canas. "Es frecuente y muy triste ver mujeres entre los veinte y los treinta años cuyas cabezas comienzan a blanquear dando ese sello característico de vejez. Afortunadamente, nos llega de Francia un método eficaz y sencillo para la lucha contra las canas. La solución es ideal: emplear manzanilla Verum que en cuatro o cinco días aclara el cabello hasta el tono deseado. No mancha y da colores uniformes y naturales." Ser mujer, sin embargo, continuaba siendo una condición sufriente; porque, pese a la cera mercolizada, a la Crema de Miel y Almendras Hinds y a la manzanilla Verum, pese a todo esto, la mujer parecía condenada al dolor. "La mujer, dice la Sagrada Escritura, es un abismo de miserias y dolencias. Nada más cierto, hay una gran cantidad de mujeres que son fastidiadas por una serie de malestares que, por su repetición, son una verdadera tortura. La causa principal de estas dolencias es que la sangre, cargada de impurezas y toxinas, se ha vuelto más espesa, no circula bien. Es preciso depurarla, fluidificarla, y para eso nada es mejor que el tratamiento con el Depurativo Richelet." Había otros elementos mitigantes: "¡Felices las mujeres, casadas y solteras, que han aprendido el sencillo aunque eficaz secreto de evitar las numerosas enfermedades propias de su naturaleza! Para que su salud sea perfecta agregue al agua templada de su lavaje diario cuatro cucharaditas de Lysoform, conocidísimo bactericida que no mancha, no irrita y carece de olor. Lysoform, el antiséptico moderno. En todas las farmacias de Argentina y Uruguay". Porque toda mujer debía saberlo: la salud es el verdadero sustento de la belleza. "Para ser bella debe mantenerse el organismo sano y vigoroso. Nada atrae tanto como un rostro que refleje salud. Una copita de Bioforina Líquida de Ruxell antes de cada comida vence la anemia, debilidad, decaimiento, etc., prolongando así la juventud, fuente inagotable de placeres y dichas." El equilibrio entre salud y belleza era exquisito, delicado: había que poseer una tez blanca, pálida, pero no sugerir anemia, debilidad o decaimiento. Se trataba, entonces, de combinar sabiamente los efectos de la Crema de Miel y Almendras Hinds con la Bioforina Líquida de Ruxell. Laura sabía manejarse entre estas sutiles fronteras, o creía saberlo, o lo creía a veces y otras veces no. Nada era fácil en el mundo de la salud y la belleza. Así las cosas, no resultaba extraño que Laura –a quien ese mundo le era tan destellante como necesario y vital– frecuentara más que asiduamente la Farmacia y Perfumería Rosetti, la más importante de Ciervo Dorado. Ahí habría de conocer a Mario Bonomi.

3

La cuestión de la moda era más complicada y solía conducir a Laura a estados de honda desesperanza. Tenía sentido vestirse bien en París. Tenía sentido vestirse bien en Buenos Aires. Tenía sentido vestirse bien en aquellos lugares del mundo en que la vida refulge, se expande y regocija en teatros majestuosos (Laura anhelaba conocer el Colón), en acontecimientos sociales, políticos, en exquisitos eventos deportivos. Pero en Ciervo Dorado, ¿qué sentido tenía vestirse bien en un lugar como ese?

Se vestiría bien el día de su casamiento, no ignoraba esto. Se casaría con Leandro Graeff y sería la más hermosa novia que fuera posible imaginar. Se vestiría tal como si se casara en París o en Buenos Aires. Se vestiría con lamé plateado, o con terciopelo, o con muselina de seda, o con *crêpes* y satenes enriquecidos por encajes y caídas de perlas verdaderas, y usaría un cinturón de flores de azahar que le tomaría sólo la parte de atrás, de una cadera a la otra, dejando libre, despejada la parte de adelante, porque era así como debía ser. Porque ese día, el de su casamiento con Leandro Graeff, sería un gran día en su vida y ella habría de lucir hermosa, y también feliz.

Pero existía lo demás: todos los infinitos días que no habrían de ser el de su casamiento. Los días interminables de Ciervo Dorado, donde la vida se deslizaba sin dejar marcas, sin asombros, sin cúspides ni barrancos, donde el futuro no solamente era sino que sólo podía ser la porfiada repetición de lo mismo.

Por el contrario, la moda era el universo de lo sorpresivo, del vértigo de la novedad. Laura solía empeñosamente leer en *Caras y Caretas* la sección *Correo de la Moda*. Eran unas cartas que remitía desde París una exquisita y enigmática mujer que firmaba A.T. de D. y que conocía todo lo importante, todo lo que brillaba, todo eso que hacía de la vida una fiesta sin desmayos. "Verdaderamente cada día que pasa proporciona la moda ideas geniales e imprevistas. Hoy es un adorno original, mañana un corte atrevido y... pongamos punto final pues ¡quién sabe las sorpresas que se nos reservan! Aquí, en París, veo cada día exposiciones de modelos para la primavera y verano que me encantan, y no puedo dejar de hablaros de ellos, pues creo que vosotras, cambiando las estaciones, podréis aprovechar algo, aplicándolos para vuestras *toilettes* de fiestas, lo que será siempre una novedad". A.T. de D. era, qué duda podía caber, una mujer de hoy, actualizada, impetuosa. ¿Había que ser una mujer de hoy o una de ayer? ¿Qué tipo de mujer se podía ser en Ciervo Dorado? ¿De ayer, de hoy? Laura pensaba: de nunca. Vivir en Ciervo Dorado era vivir fuera del tiempo. "La mujer de hoy (leía con asombro en *Para Ti*) ha hecho rápidas y prodigiosas conquistas en todos los dominios; se ha instruido, su sitio en la sociedad se ha ampliado, su inteligencia es más enérgica, más nítida, su carácter más resuelto, tiene más iniciativa y capacidad." Sin embargo, *Para Ti* (¡nada menos que *Para Ti*!) no parecía aceptar esta situación: "Un peligro amenaza a la mujer en esta carrera triunfante: corre el riesgo de aturdirse con sus éxitos, perder su gracia recatada y destruir con su orgullosa imprudencia el respeto tierno con que la ha rodeado el hombre desde tiempo inmemorial". ¿Qué había que hacer entonces? *Para Ti* tenía una respuesta: "Toda mujer siente algo que no puede ocultar y que sentirá siempre: siente que su verdadero lugar es de segundo plano; cuando se mueve en silencio, cuando ejecuta su labor modestamente, cuando se preserva de audacias y de cinismos, se da cuenta de que está en su verdadero papel". ¿Era *realmente* así? Laura no podía imaginar a A.T. de D. como una mujer de segundo plano. Mujeres de segundo plano había en Ciervo Dorado, pero no en Buenos Aires o en París. Leía, por ejemplo, la sección *Modas* de *Para Ti*. Leía: *La compra de sombreros no tiene límites.* Leía:

"Una de las cosas más fatigosas y a la vez más cautivantes del mundo es comprar un nuevo sombrero. Más o menos ocurre así: Vamos *chez la modiste à la mode*, quien nos conduce ante una pequeña y linda consola del siglo XVIII, sobre la que hay un espejo de la misma época. Luces amortiguadas, cortinas de un rosa suave, el aire sutilmente perfumado y gentiles empleadas que se afanan en ofrecernos sombreros de todas clases, asegurándonos que cada uno de ellos es la última palabra en materia de chic parisiense". Ningún ser de *segundo plano* encara así la compra de un sombrero. Para ir *chez la modiste à la mode* hay que sentirse importante, hay que sentir que la mujer es, lejos de toda duda, un ser de *primer plano*. En la alegría, en el dolor, en el dispendio, siempre en la desmesura. Como esa carta de "Jorge Sand" (que parecía llamarse Armandina Aurora Dupin) a Alfredo de Musset que publicaba *El Hogar* en su sección *Cartas de Amor de Mujeres Célebres*: "¡Oh Dios, oh Dios! ¡Y te hago reproches a ti, que tanto sufres! Perdóname, angel mío, amado mío, mi infortunado. Yo también sufro mucho, y no sé a quién dirigirme. Y me quejo a Dios, pidiéndole milagros que no hace, pues nos abandona. ¿Qué será de nosotros?". ¡Qué destinos extraordinarios! ¿Cómo podía *Para Ti*, que era *indiscutible* para Laura, que era, sin más, *la verdad*, aconsejarle un segundo plano a las mujeres? Releía, entonces, la nota *La Mujer de Ayer y la de Hoy*: "La mujer de hoy, marcada con su nueva independencia, se lanza de buen grado en camaraderías poco recomendables; la desenvoltura y la impertinencia la seducen, no aprecia ya las admiraciones mudas y los poéticos silencios; quiere que se le hable con audacia; si agrada quiere que se lo

digan sin dilaciones." Claro, esto no. Si ser una mujer
de hoy era renegar de las "admiraciones y los poéticos
silencios", ser una mujer de hoy era entonces una audacia sin sentido, un vértigo sin amor, un estruendo, un
bullicio infecundo. No se equivocaba *Para Ti:* era preferible un segundo plano si ese plano era el del amor, el
del recato, el de los poéticos silencios. El del desenfreno
romántico de Jorge Sand. Pero ¿era entonces el amor
un segundo plano? Aquí, Laura admitía que *Para Ti*
(¡nada menos que *Para Ti!*) había logrado confundirla.
Le exigía a la mujer un segundo plano para alejarla de
su *nueva independencia* y de sus *camaraderías poco recomendables,* pero afirmaba una y otra vez que la mujer existía
para el amor y para los destellos de la moda. Tal vez la
verdadera respuesta estuviese en la sección *Cinematográ-
ficas.* En ella, la actriz de Hollywood Pola Negri, bajo el
título de *Los Hombres que he Amado,* escribía: "¡Qué som-
brío sería el mundo sin el amor! Avergonzarse de haber
amado es una tontería. Así, pues, en mi corazón hay un
tesoro de recuerdos de los hombres que he amado y de
las novelas amorosas que he ayudado a transformar en
realidad". ¿No era eso maravilloso? ¿No era maravilloso
que Pola Negri confesara haber amado a muchos hombres? ¿Acaso, para una mujer, existía algo más alejado
del *segundo plano* que haber amado a muchos hombres
y confesarlo? Era cierto: Pola Negri era una vampiresa,
una mujer de Hollywood, no tenía por qué ser pruden-
te o recatada. Sin embargo, qué canto al amor el suyo. Y
qué admirable esa última confesión: "en mi corazón hay
un tesoro de recuerdos de los hombres que he amado y
de las novelas amorosas que he ayudado a transformar

en realidad". Laura Espinosa, entonces, exactamente aquí, comprendía qué era ser una mujer de hoy, una mujer moderna, de primer plano: era conseguir lo que Pola Negri confesaba haber conseguido. Era transformar en realidad, *protagonizándola,* una novela de amor.

Ese mismo día comenzó a leer *El ángel de la sombra,* novela de amor de Leopoldo Lugones, injustamente olvidada.

4

De modo que existía una clara diferencia –para quienes, como Laura Espinosa, habitaban en Ciervo Dorado– entre el mundo de la salud y la belleza y el vaporoso, grácil mundo de la moda. Porque era cierto: no tenía sentido vestirse bien en Ciervo Dorado. O sólo habría de tenerlo en situaciones excepcionales. Cuando alguien se casa, por ejemplo. Pero la vida se desliza todos los días; se desliza uno, se desliza otro, se desliza otro más, se desliza siempre. Y una mujer –ella: Laura Espinosa– sólo se casa una vez. Así las cosas, ¿qué sentido tenía saciarse de vestidos? Cada uno de ellos, cada vez que lo viera le diría: reposo aquí, inútilmente, ya que no hay, en este lugar del mundo en que tu destino te ha confinado, un solo espacio que justifique mi existencia. A nadie podía extrañar entonces que hubiera tan pocas tiendas en Ciervo Dorado. Tan pocas y tan magras.

Con la belleza y la salud era distinto. Aun en Ciervo Dorado tenía sentido vivir. Y una, pensaba Laura, debe estar sana para vivir bien. La salud, sí, es la belleza del cuerpo; conque ¿cómo no visitar asiduamente la Farmacia y Perfumería del pueblo? ¿Cómo no visitar asiduamente la Farmacia y Perfumería Rosetti, la mejor de las tres que existían, la más surtida, la más actualizada, aquélla en la que, según ha sido dicho, habría de conocer a Mario Bonomi?

5

Mario Bonomi había nacido con el siglo, había nacido pobre, había trabajado desde niño y a los veinticuatro años se había casado con una joven de ojos azorados, que hablaba poco y se llamaba Leonor. Tuvieron dos hijos y se propusieron tener más.

Cierto día –precisamente cuando el vagar de un trabajo a otro comenzaba a abismarlo en el desconsuelo– supo que Bruno Rosetti, el dueño de la Farmacia y Perfumería Rosetti, había enfermado, se desplazaba en una silla de ruedas, se quejaba de todas las cosas de este mundo y de su suerte en especial, y atendía escasamente, y de pésimo humor, el mostrador del negocio. Supo, también, que su mujer, Claudia Rosetti, se esforzaba por suplantarlo y supo, además, que Don Bruno ya había despedido a dos empleados acusándolos de ineptos y de ladrones. Supo, entonces, que ese trabajo sería suyo.

Se presentó un día lunes a primera hora. Una mujer firme, sólida, con un cuerpo llamativo y un rostro maquillado con un fervor que impelía a la exageración, acababa de levantar la persiana metálica. Lo miró y le sonrió. Había un sol tibio y un viento suave y fresco.

Mario Bonomi, sin saber por qué, no dudó de que esa mujer le daría el empleo que buscaba. Ella le preguntó su nombre. El dijo Mario Bonomi. Ella, tuteándolo, le dijo entrá. Mario Bonomi entró. Don Bruno no estaba. O, al menos, no estaba ahí, donde debía estar, detrás el mostrador, cerca de la caja, vigilando. Pero no, no estaba. La mujer lo miró y Mario vio sus labios carnosos, sus largas pestañas, sus mejillas empolvadas, sus cejas finas y prolijas. Ella le preguntó qué quería. Él le dijo que quería trabajar. Que tenía mujer y dos hijos y necesitaba un trabajo. Ella le dijo cuántos años tenés. Él dijo veintisiete y ella dijo está bien, el trabajo es tuyo. Y él no preguntó por Don Bruno, no preguntó por qué no estaba, no preguntó si no debía ser él quien debiera darle el trabajo ni preguntó quién era ella. Lo supo en seguida: era Claudia Rosetti y, definitivamente, se había hecho cargo de la conducción del negocio. Así de simple.

Empezó al día siguiente. Claudia Rosetti le dio un guardapolvo blanco, le explicó una que otra cosa y no mucho más; le dijo que todo habría de aprenderlo con la experiencia. Le dijo, también, que ella estaría siempre para ayudarlo. De modo que ese día trabajó hasta casi las nueve de la noche. Trabajó hasta que ella le dijo: "Andate a tu casa y descansá. Te portaste muy bien". Y añadió: "Ahora le tengo que dar el tilo a Don Bruno". Y como Mario la mirara con alguna extrañeza, explicó: "Hace casi dos años que siempre le doy un tilo antes de dormir. Tiene unos nervios fatales". Esa noche, Mario le contó a Leonor su buena fortuna: tenía un trabajo y una patrona generosa que había prometido pagarle bien. Sólo, dijo, le extrañaba no haber visto en todo el día a Don Bruno.

Lo vio al día siguiente, y al siguiente y durante toda la primera y larga semana. Don Bruno era un cadáver que se desplazaba silencioso en su silla de ruedas. Una enorme nariz y unos enormes pómulos le brotaban del rostro. Tenía los ojos sin vida, como amarillos, unas ojeras tan oscuras como una noche sin luna y no hablaba, no decía ni una sola y simple palabra. Semejaba un aparecido, un fantasma, un ser del más allá, un prófugo del cementerio, un demonio estragado, no amenazante pero repulsivo. Apenaba verlo así: a la deriva, vencido, cada día peor. Claudia, sin embargo, vivía como si nada de esto ocurriera, como si no tuviese un marido que se deslizaba rauda e incontiniblemente hacia la tumba. Abría el negocio temprano, siempre se maquillaba con excesivo fervor y trabajaba hasta la noche. Hasta la hora de darle el tilo a Don Bruno.

Una noche le pidió a Mario Bonomi que no se fuera, que se quedara un rato más, que se hiciera un café y la esperara en la cocina, que no bien ella le diera el tilo a Don Bruno iría a verlo; que quería, le dijo, hablar con él.

Mario puso una pava en el fuego y esperó. La cocina era grande; tenía cacerolas, sartenes, cajas de medicamentos que ya no entraban en el depósito, gasas, alcohol y jeringas. Claudia Rosetti no demoró en aparecer. No se había quitado el guardapolvo, pero –extrañamente– exhibía una silueta insinuante, insoslayable. Mario se preguntó algo que no sabía. Se lo preguntó en ese exacto momento: cuando la vio entrar en la cocina con sus pestañas largas, sus cejas finas y sus labios carnosos. Se preguntó qué edad tendría. Ella dijo treinta y seis. Mario le preguntó cómo sabía que él se había preguntado eso. Claudia Rosetti le dijo yo siempre sé lo que piensan los hombres. Lo abrazó y lo besó en la boca con los labios muy abiertos, buscándole la lengua. Mario sabía que eso iba a pasar. Lo supo desde la primera vez que la vio. Lo que no sabía, lo que no sospechaba en absoluto, lo que lo asombró y llenó de miedo fue lo que ella entonces le dijo. Porque Claudia Rosetti le dijo: "El viejo se está muriendo. No va a durar ni tres días. Lo envenené. Hace más de un año que le pongo arsénico en el tilo. Todo esto va a ser mío. Soy una mujer rica, Mario". Sin poder creerlo, Mario dijo: "¿Arsénico?". Y ella dijo que sí, que claro, que arsénico, que sobraba eso en la farmacia y que ella había sabido muy bien cómo dosificarlo, cómo reventar al viejo de a poco, lentamente, día tras día, con infinita paciencia, casi con sabiduría, con tanta sabiduría, al menos, como para que nadie pudiese darse cuenta de nada. Y ahora, concluyó, todo es mío. Rió abruptamente, intempestiva y áspera, y dijo: "Sólo me resta meterlo bajo tierra y olvidarlo. Te lo juro: no me va a costar. Era un cretino y merecía reventar como una rata. Ahora tengo todo lo que quiero. Y también te tengo a vos, Mario. ¿Sabés por qué?". Mario Bonomi dijo que no, que no sabía por qué, que no tenía la menor idea, que no podía imaginar por qué ella estaba tan segura de tenerlo, de poseerlo. Claudia volvió a reír y dijo: "Sos mío porque te conté mi secreto. Porque sabés que voy a ser una mujer rica, que ya tenés trabajo y placer para siempre. Mucho placer, Mario. Todo el que quieras". Y volvió a besarlo. Y otra vez su lengua, buscándolo. Y después lo miró fijamente, como amenazante, y dijo: "Y sos mío por algo más. Porque sos mi cómplice. Porque sos culpable. Porque fue cuando te vi, ese mismo día, Mario, cuando decidí reventar definitivamente al viejo, reventarlo cuanto antes, para ser libre y tenerte a vos... también cuanto antes". Y entonces se quitó el guardapolvo, y –claro– estaba desnuda debajo. Y tanta locura, tanta crueldad y tanto deseo extraviaron a Mario, que la tomó entre sus brazos, la arrojó sobre una camilla y le buscó el sexo con su boca sedienta. Ella abrió las piernas y le aferró la cabeza con sus dos manos, con fiereza, presionando.

6

Aunque no lo necesitaba –nunca le faltaría dinero, ya que su familia era una de las más acomodadas de Ciervo Dorado–, Laura Espinosa se buscó un trabajo no bien terminó el magisterio. Se hizo maestra, maestra de sexto grado, y enseñó historia y castellano y matemáticas a unos niños reiteradamente abstraídos, más cerca de la monotonía y aun del silencio que del bullicio de las vidas tempranas, rara vez cautivados, nunca cautivantes. Sin embargo, Laura habría de esmerarse en esas clases. Llenaron muchos de sus días y hasta –una que otra vez– se dijo, mintiéndose, que la docencia era la pasión de su vida. Desde esta impostura asumió la enseñanza de la historia, una temática que solía privilegiar al castellano y –sobre todo– a las matemáticas. ¿Acaso la regla de tres simple o el desmembramiento de todas las frases de este mundo en sujeto, verbo y predicado podían compararse con los destinos azarosos de Mariano

Moreno y los revolucionarios de Mayo, de Manuel Belgrano, allí, a orillas del Paraná, creando la bandera luego de mirar el cielo y verlo blanco y azul, de Laprida y los constituyentes de Tucumán declarando la Independencia, de Lavalle y de Dorrego, ordenando uno el fusilamiento del otro, y muriendo el otro, Dorrego, luego de pedir que su sangre no fuese pretexto para derramar más sangre argentina, sangre de hermanos que habría de derramar el desalmado Rosas por medio de sus feroces, impiadosos mazorqueros, sangre que habría de volver a derramarse en Caseros –pero ahora sí: necesariamente– para derrocar al dictador sangriento que partiría hacia Inglaterra para morir solo y olvidado en Southampton mientras aquí, en este suelo estremecido, volvían a enfrentarse unitarios y federales por medio de los destinos azarosos de Urquiza y de Mitre, luchando uno por la Confederación y el otro por Buenos Aires, venciendo Urquiza en la batalla de Cepeda y Mitre en la de Pavón para abrir paso a la presidencia de Sarmiento, el educador, el incansable fundador de escuelas, el que habría de derrotar a las bárbaras montoneras gauchas, al Paraguay y a los crueles asesinos del valiente Urquiza para despejar ·el camino a los hombres de la Argentina nueva, de la Argentina moderna, a los hombres de la generación del 80, abiertos a las ideas de Europa, al Progreso y a las Artes del viejo continente; podía, acaso, todo este universo, todo este infinito caos de pasiones, de lealtades, perfidias, intrigas, heroísmos sublimes y traiciones y crueldades sin nombre compararse con la sequedad de la regla de tres simple, con la árida precisión de las matemáticas o con el despiadado desmembramiento de la belleza del lenguaje –del lenguaje, por ejemplo, de Leopoldo Lugones– en sujeto, verbo y predicado? Desde su impostura –impostura que consistía en creer que la historia argentina era tan fértil y vital que hasta podía otorgarle un sentido a su vida– Laura Espinosa solía entregarse a la voluntariosa narración de esos avatares interminables en tanto sus alumnos la escuchaban silenciosos, abstraídos, ni cautivados ni cautivantes, recibiendo el estruendo y la furia de las batallas y las pasiones como si bebieran un agua mansa, insípida, como si se deslizaran por un arroyo cuyo origen desconocían y cuyo destino poco les interesaba conocer.

Cierta vez, se llevó una sorpresa. Al terminar una clase se le acercó un niño muy pálido, con el rostro turbado por algún temor que no lograba conjurar. Se llamaba Javier Montesino y le confesó que luego de una clase en que ella había hablado de ese libro de Sarmiento ("¿Cuál?", dijo deliberadamente Laura, ya que sabía cuál era y sólo deseaba saber si el niño, también, lo sabía. Y el niño respondió: "*Facundo*") se había despertado en él el deseo de leer alguna de sus páginas y entonces se lo pidió a su padre, que lo tenía y se lo entregó, no sin antes decirle "no es una lectura para un chico de tu edad". Y entonces permaneció silencioso, mirando fijamente a Laura y como a la espera de que ella le preguntara algo que le permitiese continuar hablando. Y Laura le preguntó qué había ocurrido, si había o no leído esas páginas que había deseado leer a raíz de lo que ella dijera en clase. Y Javier Montesino dijo sí, que las había leído, que había leído, dijo, algo que lo había atemorizado, que le había impedido dormir durante dos o tres o más noches. Laura le preguntó qué era y Javier Montesino, mirándola a los ojos, con escalofriante monotonía dijo: "Sombra terrible de Facundo voy a evocarte, para que, sacudiendo el ensangrentado polvo que cubre tus cenizas te levantes...". Y no dijo más y se largó a llorar y luego, no bien Laura consiguiera serenarlo un poco, le confesó que por las noches veía la sombra *terrible* de Facundo que se acercaba a su cama y veía también el polvo ensangrentado y las cenizas y tenía la certeza pavorosa de que Facundo venía para llevárselo con él a su tumba, para que la tierra los tragara a los dos y el polvo ensangrentado cubriera para siempre la sepultura de la que él —como el caudillo riojano— no habría de salir jamás ni aun cuando Sarmiento lo invocara. Laura lo besó en una mejilla, luego en la otra, le secó las lágrimas con un pequeño pañuelo de color rosa y dijo: "A veces los libros asustan. Pero es mejor leerlos y asustarse y hasta llorar que no leerlos y ser toda la vida un estúpido". Javier Montesino, repentinamente sereno, sonrió, le dio un beso y se fue. Y Laura sintió que alguien —al menos *alguien*— escuchaba sus clases y las prolongaba en sensaciones imprevistas, en emociones inexplicables. Y si ya había surgido alguien, tal vez apareciera otro y otro más. Valía la pena, dedujo, verse saludable y bella para arrostrar a sus alumnos, ni cautivados ni cautivantes, pero no irrecuperables. De este modo, al día siguiente de su sorpresivo encuentro con Javier Montesino, decidió comprarse una nueva crema Hinds y fue a la Farmacia y Perfumería Rosetti y conoció a Mario Bonomi.

7

Al principio, nada fue fácil para Mario Bonomi: ni aprender los nombres de los medicamentos, ni saciar el apetito sexual de Claudia Rosetti, ni verlo agonizar al viejo. Todo era nuevo, raudo, tal vez caótico. Los medicamentos se multiplicaban porque Claudia Rosetti no cesaba de pedir mercaderías a Buenos Aires: recibía unas enormes cajas de cartón, ordenaba a Mario abrirlas y clasificar el contenido. Abrir una caja era –para Mario– asomarse a un torbellino: nombres, nombres y más nombres, nombres de todo tipo, frascos grandes, medianos, pequeños, gasas, ungüentos, jarabes, pastillas para la tos, para la fiebre, para el reumatismo, bálsamos, depurativos, agua oxigenada, antisépticos. Y lo peor: clasificar todo eso, ordenar ese torrente sanitario, ese interminable ejército de la salud. Pero lo hacía: las aspirinas con las aspirinas, los ungüentos con los ungüentos, los depurativos con los depurativos. Claudia Rosetti lo miraba trabajar y su cuerpo se encendía. Miraba el cuerpo fuerte, joven, ágil de Mario y todas las noches, no bien cerraba la farmacia, no bien le daba el tilo al viejo, se lo llevaba a la cama, a la cama amplia de su dormitorio, a la cama matrimonial, a la cama que durante años había compartido con Bruno Rosetti y ahora desatinaba con Mario, sometiéndolo, obligándolo a saciarla, a saciar lo insaciable, porque Claudia Rosetti nunca se saciaba y Mario Bonomi, entre el aturdimiento y el horror, intuía que había caído en un infierno definitivo, sin esperanza alguna. Le apenaba, además, la suerte macabra del viejo, quien permanecía en la cocina, solo, muriéndose en su silla de ruedas, la cabeza inclinada sobre el pecho, babeándose y mirando al vacío, en tanto su mujer se regocijaba con el cuerpo vigoroso del dependiente que había metido en la farmacia, con *su* cuerpo, el cuerpo de Mario Bonomi, que se sentía, cada noche, ahí, en la cama del viejo, un canalla que afrentaba a un pobre inválido, a un pobre ser cuya suerte macabra le infligía una pena dolorosa, casi tangible, pero al que le era imposible no afrentar porque en esa afrenta residía la posibilidad de retener su trabajo, un trabajo que imperiosamente necesitaba para sustentar a su mujer y a sus dos pequeños, inocentes hijos.

Cierta tarde apareció una joven delgada y alta, de cabellos y ojos oscuros, que le sonrió fresca, limpiamente y le pidió una crema Hinds. Mario Bonomi, durante un tiempo que fue breve y pleno, se sintió fuera del infierno en que vivía. Le dijo que sí, que tenía esa crema y, no bien giró para buscarla, se encontró con la mirada amenazante de Claudia Rosetti: en esos ojos, adivinó, ardía la pasión infinita de los celos. De modo que le entregó la crema a la joven y apenas si alcanzó a murmurar alguna vaguedad cuando ella, antes de irse, le preguntó su nombre. Claudia Rosetti, luego, aún poseída por los celos, con una voz ronca, conminante, le preguntó para qué demonios quería saber su nombre esa jovencita —dijo— desabrida, insulsa y, qué duda podía caber, tonta. Mario Bonomi respondió que no tenía la menor idea. Y luego abrió la caja registradora y guardó allí el dinero que le había entregado Laura Espinosa.

Una semana más tarde moría Bruno Rosetti. "Reventó del corazón", le confió Claudia a Mario Bonomi. "Sí, un síncope. Siempre que alguien es envenenado con arsénico revienta de un síncope cardíaco." A Mario le aterró esa mortal sabiduría de Claudia Rosetti: ¿a cuántos maridos habría matado anteriormente? Vino un médico, entregó el certificado de defunción, y luego velaron al viejo y lo enterraron. El padre Bartolomé Ocampo –un español que era el cura más respetado, más, incluso, amado del pueblo– dijo algunas palabras. Dijo: "Bruno Rosetti era un buen hombre, un buen cristiano. Un hombre de fe y un hombre laborioso. Una enfermedad cruel lo postró en una silla de ruedas durante sus días finales y ese dulce corazón que tenía dejó de latirle y nos lo llevó para siempre". Claudia Rosetti lloraba inconsolable. Mario Bonomi –que había ido al cementerio con su mujer y sus dos hijos– no pudo sino asombrarse ante el increíble poder de fingimiento de esa mujer –ya no lo dudaba– demoníaca.

Al entierro de Bruno Rosetti le siguieron días fragorosos, demenciales, que habrían de conducir hacia la tragedia final. Claudia Rosetti se volvió aún más insaciable, desmedidamente voraz. Exigió a Mario que permaneciera a su lado durante las horas de la siesta, que no regresara a su casa a almorzar, que almorzara con ella y le hiciera el amor, luego de comer comida picante, ardorosa, y beber mucho vino, durante el sopor y el silencio de la siesta. Después comenzó a retenerlo mucho más allá del cierre de la farmacia. Parecía dominada por una fiebre absoluta y misteriosa, tan recóndita que ni ella alcanzaba a descifrar y, mucho menos, a contener. Mario insistió en regresar a su hogar durante las noches. Quería, dijo, estar con su familia, con su esposa, con sus hijos, con aquellos para cuyo sustento trabajaba. Esto enfurecía a Claudia Rosetti: cada día toleraba menos el regreso de Mario a su hogar. Quería tenerlo con ella, ahí, en la amplia cama del dormitorio, en la cama que había sido del muerto, del desdichado Bruno Rosetti y que ahora era de ella, sólo de ella y tuya también, le decía a Mario, tuya y mía, para que me poseas, para que me calmes, para que pueda, alguna vez, reposar. Pero Claudia Rosetti no reposaba nunca. Y, para colmo, durante las madrugadas, cuando estaba sola, cuando Mario ya se había ido, comenzó a entrever una imagen cenicienta que asomaba a su ventana: era Bruno Rosetti. Era el fantasma de Bruno Rosetti que regresaba de la tumba para atormentarla, para volverla loca o, sin más, para matarla. Se lo dijo a Mario: que el fantasma del viejo Rosetti, le dijo, la visitaba todas las noches y que acabaría llevándosela con él al abismo de la tumba. Le rogó que no la abandonara, que se quedara con ella durante esas noches de pesadilla, que, le dijo, abandonara a los suyos y se fuera a vivir ahí, a la farmacia, junto a ella, porque sólo su amor y su presencia incesante habrían de salvarla de las garras vengativas del muerto. Mario Bonomi le dijo que no, que estaba loca, que jamás abandonaría a los suyos, que –argumentó– los fantasmas no existían, que el viejo Rosetti estaba bien muerto y enterrado y que ella lo sabía mejor que nadie porque lo había henchido de arsénico, porque lo había asesinado sin piedad alguna. Claudia Rosetti fue a ver al padre Bartolomé Ocampo y, en la santidad del confesionario, le dijo todo: que había, larga y pacientemente, envenenado a Bruno Rosetti, y que ahora el fantasma del viejo, ceniciento y monstruoso, putrefacto, con el olor nauseabundo de las tumbas abiertas, se le aparecía todas las noches para –ella lo sabía– arrebatarla por fin de su lecho y llevarla con él, viva, a su tumba, y sofocarla, allí, hasta morir. El padre Bartolomé Ocampo le dijo que ese fantasma dejaría de atormentarla no bien ella se arrepintiera del abominable acto que había cometido. Claudia Rosetti –casi vociferando, casi rugiendo, llena de ira y de obcecación– le dijo que de nada se arrepentía, que una y mil veces volvería a matar al execrable viejo Rosetti, a quien odiaba más allá de toda cordura, más allá, agregó entre jadeos, del mismísimo Dios. El padre Bartolomé Ocampo le dijo entonces que no podía absolverla, que no había salvación para ella, porque ella, dijo, estaba poseída por Satanás. Y –definitivo, implacable– se lo repitió: "Tú, mujer demoníaca, estás poseída por Satanás y no tienes salvación alguna. Dios ha huido de ti y el Infierno es tu destino irrefutable". Esa noche, Claudia Rosetti le imploró a Mario que huyera con ella a Buenos Aires, que se la llevara de Ciervo Dorado, que en Buenos Aires y con él a su lado el fétido fantasma del viejo Rosetti dejaría de aparecérsele, abandonaría sus noches y ella podría reposar en paz. Mario le dijo que no, y también le dijo que renunciaba al trabajo, que no habría de verla más, que regresaba a su casa, con su mujer, con sus hijos, y que buscaría un nuevo trabajo, que cualquier cosa era preferible a la pesadilla de estar junto a ella. Y a la noche siguiente –apenas a la noche siguiente, como si no hubiera sido posible para ella transcurrir una noche más abismada en ese tormento– Claudia Rosetti incendió la farmacia. Llegaron los bomberos, la gente del pueblo y, todos, la vieron aparecer desnuda en el techo. Gritó: "¡Estoy poseída por Satanás!". Y se arrojó a las llamas.

8

Un mes más tarde, Mario Bonomi fue a pedirle trabajo a Pedro Graeff.

Graeff le preguntó si era casado, si tenía hijos. Mario le dijo que sí, que era casado y que tenía dos hijos. Graeff le preguntó si pensaba tener más. Mario asintió y dijo que mientras tuviera trabajo y mientras fuera joven y tuviera vigor seguiría teniendo hijos.

Graeff le dio el trabajo.

Capítulo tercero

1

Bajo esas circunstancias, en el invierno despiadado de 1871, en una Alemania que ya era un imperio conducido por la mano vigorosa de Otto von Bismarck, en un barrio pobre de la ciudad de Berlín, en un hogar de escasos recursos y escasas ilusiones, había nacido Pedro Graeff. Su padre era carbonero y Graeff fue su ayudante no bien pudo cargarse una bolsa a la espalda, aun al riesgo de quebrarse algunos huesos o, sin más, fracturarse la columna vertebral. De aquellos días recordaría –casi exclusivamente– el hollín: tiznaba sus manos, sus ropas, se le metía por la nariz y llegaba a su garganta y lo obligaba a toser como si una tuberculosis violenta lo arrasara. La mirada dura de su padre le hizo saber que eso no podía durar, que debía vencerlo, ya que nadie puede trabajar en una carbonería y toser como un tísico sólo porque el hollín lo importuna. De modo que Graeff impuso su voluntad, que ya era poderosa o que ahí comenzó a serlo, sobre su garganta frágil y, en menos de una quincena, era capaz de masticar un trozo de carbón, transformarlo en arenilla entre sus dientes y devorarlo. Le quedaban los dientes y la lengua negros y transcurrió algunas noches sin dormir tratando de limpiarlos. Entretanto, una temprana soberbia lo impelía a preguntarse si su padre sería capaz de hacer eso que él hacía, comer carbón. Y su padre, que solía tener un humor jovial y que no era afecto a vivir en los extremos, le dijo que no era necesario comer carbón para trabajar en una carbonería, que bastaba con atender a los clientes, levantar las bolsas que era imperioso levantar y no toser como un enfermo. Y después se echó a reír, y Pedro Graeff rió con él y asomaron sus dientes cenicientos, que fueron aclarándose durante los días siguientes, no bien abandonó el despropósito de comer carbón. Como sea, no volvió a toser; y era ciertamente eso lo que se había propuesto.

Un par de buenas transacciones mejoraron los recursos desmadejados del hogar paterno y despertaron la imaginación y los deseos del buen carbonero Graeff. Se atrevió a ser otro. O se atrevió a vivir en otro lugar, si es que las dos cosas no eran la misma: la imaginación de un futuro distinto en un territorio distinto y el deseo –ya, por fortuna, irrefrenable– de habitar en él. Ese territorio fue la Argentina, país cuyo nombre evocaba a la plata, al brillo, a lo prístino, a los horizontes inmensos y lejanos. Pero no inalcanzables.

2

Todo fue inalcanzable para el carbonero Graeff. No bien llegó a la Argentina y apelando a sus ahorros, al

dinero que había reunido luego de vender sus pertenencias, que no eran pocas, puso una carbonería en
los aledaños del puerto. Fue un símbolo, fue su inca-
pacidad de penetrar en la nueva tierra. No era él quien
estaba destinado a vivir en el país de la esperanza, sino
su hijo. Sería Pedro Graefff quien tendría un destino,
una historia, quien asimilaría el nuevo idioma, quien
lograría incluso desterrar las asperezas, las densidades
del viejo lenguaje, del lenguaje natal, quien hablaría
como un argentino y, para el resto de sus días, habría
de serlo. El carbonero Graeff tendría una muerte súbita y torpe. Una noche de invierno, una noche helada, cuya impiedad, ahí, cerca del puerto, cerca del
agua, llegaba al extremo, se metió en la cama con tres
frazadas que le parecieron pocas, no sólo a él, sino también a su mujer, que le reclamó el calor de un brasero,
algo, lo que fuera, que amenguara el padecimiento, el
pavor de sentir el crujir de los huesos, el ahogo del corazón, las costras sanguinolentas de los labios, algo
que los ayudara a pasar esa noche, un brasero, ¿o no es
acaso un brasero lo que debe usar para quitarse el frío
un hombre que ha dedicado su vida al carbón? El brasero les quitó el frío, pero también la vida. A la mañana siguiente, Pedro Graeff, que dormía en el sótano
de la carbonería, encontró muertos a sus padres, y, antes que el horror, lo dominó un indefinible asombro
que, tal vez, proviniera del temprano descubrimiento
de las paradojas, de las perplejidades de la vida: el carbón, que había sido, sin más, la existencia de su padre, la posibilidad de ganársela, se la había finalmente
arrebatado.

José Pablo Feinmann

Era el año 1886 y Pedro Graeff tenía quince años y mucha imaginación y mucho arrojo y supo que tenía que irse de Buenos Aires, que esa ciudad era demasiado grande, que ya eran muchos los que se habían abierto lugar en ella y cada uno era un obstinado en impedir que otros lo hicieran. Si la Argentina era vasta y generosa lo era porque era más que Buenos Aires. Porque, incluso, era posible –como conjeturó– irse de Buenos Aires, hacerse fuerte en otro lugar y regresar más tarde, con más medios, para dar la batalla en la ciudad feroz.

Vendió o malvendió las cosas que habían pertenecido a sus padres. No le importaba juntar mucho dinero, sólo lo necesario. Sabía que todo cuanto necesitara para abrirse horizontes estaba en él y esta certeza lo acercaba a otra, quizás irracional pero poderosa: secretamente sentía que todo el dinero de este mundo existía para que él lo recogiera. Compró un mapa de la provincia de Buenos Aires, lo colocó sobre una mesa, cerró los ojos y apoyó un dedo, erráticamente, en algún lugar. Sólo un hombre con una fe desmedida en su buena estrella podía entregar, tan absolutamente, su destino al azar, al mero azar, a un dedo que cae sobre algún lugar de un mapa y señala el punto irrefutable del destino. Abrió los ojos, deslizó levemente el dedo y miró el mapa. Leyó un nombre que le gustó. Que le hizo pensar en el sol, en los atardeceres, en el oro, en los animales bellos y ágiles. Leyó Ciervo Dorado.

Sólo dos días después, con un equipaje magro, llegaba al pueblo.

3

El resto fue veloz y previsible. Todo ocurrió –y ocurrió en pocos años– como Graeff deseaba que ocurriera. Puso un negocio de ramos generales, tuvo un par de socios, los perdió, o, tal vez, se deshizo de ellos, compró otro negocio, un negocio más grande, que ya estaba en el centro de ese pueblo que buscaba crecer casi con el fervor con que él lo hacía, siguió trabajando con dureza, fue generoso con algunos y despiadado con otros, hizo amigos, enemigos, cumplió años, maduró, cumplió veintidós, veintitrés, veinticinco, se casó a los veintinueve, se casó como si no deseara entrar soltero al nuevo siglo, y se casó bien, con una mujer joven, de rasgos y contornos elegantes, que llegó a él con una dote generosa, y tiró abajo una manzana entera y construyó allí los Grandes Almacenes Pedro Graeff, compró tierras, compró ganado, y así su crecimiento se identificó con el crecimiento del pueblo, porque era él quien empujaba, era él, sin más, el dueño, el alma vigorosa del lugar, y hasta llegó a elegir al jefe de policía y al intendente, o, al menos, nadie pudo tener esos puestos en Ciervo Dorado sin que él dijera que sí, que estaba de acuerdo, y sin que lo dijera porque sabía que esos hombres, el jefe de policía, el intendente, eran suyos; tanto, que jamás harían nada que irritara sus intereses, que lo disgustara, que lo llevara a omitir su trato cordial, esa mezcla de generosa autoridad que imponía a los demás y que los demás aceptaban como algo natural, perfectamente consentido, porque, en menos de trece o quince años, Graeff no sólo consiguió establecerse en ese pueblo al que había llegado con un

equipaje magro, por la magia de un acto errático y azaroso, sino que consiguió adueñarse de él, consiguió ser,
en suma, tal como en Buenos Aires decían que era, el
dueño de Ciervo Dorado.

Entre tantos designios cumplidos, una sola pero
irrebatible contrariedad ofuscó sus días. En el verano
de 1906, su mujer dio a luz un varón y el alumbramien-
to fue tan complicado o fueron tan torpes los médicos
(Graeff cometió la imprudencia de no llevarla a Buenos
Aires para el parto, ya porque lo juzgó un trámite simple
o ya porque creyó que su buena estrella brillaría con más
fuerza en Ciervo Dorado, como siempre había ocurrido) que el niño, si bien nació con vida, dejó a la madre
sin otra oportunidad. La dejó estéril.

Graeff eligió un nombre extraño para el que sería,
definitivamente, su único heredero. Le puso Leandro.
No había sido ni era un hombre político, pero a través
de los años había admirado al líder radical Leandro N.
Alem. Un hombre honesto y quizás algo sabio, cuya
honestidad y sabiduría –se insistía en decir– le habían
hecho intolerable la política argentina, conduciéndolo
a la decisión extrema que tomó el 1º de julio de 1896.
Se pegó un tiro.

4

Así como Pedro Graeff tenía quince años cuando
llegó a Ciervo Dorado, quince años tenía Leandro
cuando, por primera vez, en el verano de 1921, le tuvo
miedo a su padre. Le tuvo miedo en un exacto, preciso

sentido: lo desconoció. Creía conocer a su padre y creer conocerlo era su modo de no temerle, ya que su padre era, para él, previsible, y nada atemoriza menos que lo previsible. Pedro Graeff era un hombre autoritario, tal vez irritable en ciertas circunstancias, pero cultivaba el don de comprender a los otros. Sabía hacer algo inusual en las personas: sabía colocarse en el lugar del otro, ser, de algún modo, el otro, y mirar el mundo, aunque sólo fuese brevemente, desde ahí. Había crecido con el deseo de que los demás hicieran eso con él, y la insatisfacción de ese deseo, lejos de arrojarlo al resentimiento o la hosquedad, le había despertado la condición de saciarlo en los demás. Más aún si se trataba de su hijo. De modo que Leandro se acostumbró, antes que a la bondad o a la ira, a la transparencia de su padre. Fue esa transparencia –esa costumbre cálida, certera de saber, siempre, con quién se estaba cuando se estaba con Graeff– la que se quebró el día sanguinario del asalto.

En los días del verano de 1921 era todavía Pedro Graeff quien levantaba la cortina metálica del Gran Almacén. Era una de sus formas de sentirse vigoroso, imperante. Dentro del establecimiento aguardaba Luciano, el sereno, un hombre entre cuarenta y cincuenta años, difícil saberlo, con muchas arrugas en la cara, quizá porque era jovial y se reía mucho, quizá porque la soledad ya le trabajaba la piel, una piel oscura, algo terrosa, que era un ramalazo del linaje indio al que pertenecía. El día del asalto Leandro había acompañado a su padre, cosa que no era infrecuente pero estaba lejos de ser usual, y más lejos aún de ser cotidiana. Que Pedro Graeff se empeñara en levantar, a las siete de la mañana, la cortina del Gran Almacén era para Leandro un gesto innecesario. Cierta vez le había dicho que, en tanto él lo hiciera, lo acompañaría a veces y a veces no, porque era excesivo que los dos cumplieran ese ritual. Cierta vez –la misma vez– le prometió que no bien dejara de hacerlo, lo haría él. También le propuso alternar el ritual: a veces uno, a veces otro. Graeff dijo que no, que él seguiría haciéndolo todos los días. Leandro insistió entonces en acompañarlo algunos, pero no todos. Graeff (tal vez ejerciendo su particular sabiduría de mirar el mundo desde la perspectiva de los otros) aceptó. El día sanguinario del asalto (por suerte o por desdicha, Leandro jamás habría de elucidar esto), Leandro Graeff acompañó a su padre y, juntos, abrieron el Gran Almacén.

Los recibió Luciano, y Graeff, amable y con buen humor mañanero, le preguntó si había dormido bien y Luciano dijo sí, a pesar del calor y de uno que otro mosquito, sí. Graeff sonrió y le dijo cómo demonios podían molestarlo a él los mosquitos con esa piel de roca que tenés, Luciano, no me vengás con quejas de viejo. Luciano sonrió, aceptando; y lo que aceptaba era que durante los últimos tiempos Graeff había empezado a tratarlo como si fuera un viejo, o como si tuviera hábitos de serlo.

Y entonces empezó todo. Porque en ese mismo instante, mientras Luciano, con más tristeza que descontento, sentía que era injusto que Graeff lo tratara así, como a un hombre que envejece sin remedio alguno, entraron dos hombres jóvenes en el Gran Almacén, hombres que, lejos de estar envejeciendo, estaban en la plenitud de su vigor. No sorprendieron a Graeff y los suyos, ya que eran empleados del Gran Almacén y era razonable que llegaran, aunque tal vez no fuera razonable que llegaran tan temprano, cosa que no alcanzó a alarmar a Graeff, ni a Leandro ni a Luciano, porque fue otra cosa lo alarmante, porque los dos hombres extrajeron revólveres, les ordenaron silencio y les ordenaron cerrar la persiana metálica, orden que cumplió Luciano en tanto Graeff les decía se están perdiendo, muchachos, no hagan macanas, y los llamó por el nombre, les dijo Agustín a uno y Genaro a otro y les dijo no hagan esto, no hagás esto, Agustín, y lo miró al otro y le dijo con pesadumbre es una lástima, muchacho, es una lástima, Genaro, no hay regreso de estas cosas.

No bien Luciano cerró la persiana metálica les ordenaron ir a la oficina de Graeff, donde, dijeron, sabían que estaba el dinero, usted nos da lo que hay ahí, don Graeff, y nosotros nos vamos y aquí no pasó nada. Fueron a la oficina, Graeff abrió la caja fuerte y les entregó el dinero, sin resistencia, sin merodeo alguno, era como si les entregara algo que sabía habría de recuperar fatalmente, como que hay Dios, hubiera dicho Graeff en caso de haber dicho algo, pero nada dijo y les dio el dinero y entonces Agustín lo miró con un odio que se encendió bruscamente y lo golpeó en la madíbula, lo golpeó con la culata del revólver, y Graeff trastabilló y logró recostarse contra la pared y no caer, ya que caer hubiera sido intolerable para su orgullo, caer, sobre todo, frente a Leandro, ante los ojos de su hijo, y Agustín dijo, rabiosamente dijo esto es por la vez que me llamaste chino de mierda y Graeff, con un hilo de sangre que le caía hasta perderse en la camisa le dijo no recuerdo

haberte llamado nunca así, y Agustín, otra vez rabiosamente dijo yo sí me acuerdo, viejo de mierda, yo me
acuerdo. Metieron el dinero en una bolsa, agarraron la
llave de la oficina, salieron, cerraron la oficina y buscaron
la salida, velozmente, con la certeza de ya haber hecho
lo que querían hacer, abrieron la cortina metálica y se
fueron. Tenían un sulky afuera, un sulky algo desvencija-
do, con un caballo empeñoso pero no eficaz, y era todo
lo que podían tener, ya que eran dos pobres seres que
buscaban cambiar un destino de esos que no se cambian, como la mayoría de los destinos, porque habían
nacido para perder, lo que en ellos significaba que habían
nacido para mal morir.

Graeff no pareció alterarse, se secó la sangre, abrió
un cajón de su escritorio de madera oscura y sacó de
ahí una pistola Luger, que ajustó bajo el cinturón. Del
mismo cajón sacó una llave con la que abrió la puerta
de la oficina y miró a Leandro y le dijo seguime y a Luciano le dijo vos avisá a la policía. Salió del Gran Almacén,
salió seguido por Leandro y fue en busca del auto con
el que había llegado esa mañana, un Ford, una máqui-
na robusta y perfecta que importara sólo dos meses
atrás, como importaba tractores y segadoras. Subieron,
Graeff y Leandro subieron al Ford y Graeff le dio arranque y en menos de un minuto iban detrás del sulky de
los asaltantes, que huían por un camino que, previo a
salir del pueblo, llevaba al cruce del ferrocarril.

Fue una persecución desigual. Era el progreso per-
siguiendo a la sombra penosa de los tiempos idos. Leandro miró el rostro de su padre, ahí, aferrado al volante,
con los ojos fijos en el sulky que intentaba huir, y, por

primera vez, la transparencia se opacó, desconoció a Graeff, porque Graeff parecía otro, porque había una enorme furia en ese rostro, una furia que –curiosamente, ya que no existía motivo alguno para que una cosa así ocurriera– Leandro deseó que nunca se volcara sobre él.

De los dos jóvenes era Agustín quien conducía el sulky, castigaba al caballo y decía, ahora, a su compañero, a Genaro, tirale un tiro por lo menos, a ver si lo asustás a ese viejo de mierda, y Genaro giró y apuntó el revólver hacia el Ford de Graeff que se acercaba incontenible y disparó una vez y no pudo disparar otra porque el revólver le estalló en la mano y Genaro gritó de dolor y dijo no nos salvamos, el viejo nos agarra, no nos salvamos, carajo. Pero Agustín era más porfiado y creía que algo habría de salvarlos, el tren habría de salvarlos, porque el tren se venía hacía el cruce, se venía veloz, estrepitoso y si atravesaban el cruce antes de que lo atravesara el tren lograrían salvarse, si ponían al tren entre ellos y el auto de Graeff, si Graeff debía detener su auto para esperar el paso del tren, si eso ocurría ellos podrían salvarse, poner una distancia irrecuperable entre ellos y el maldito viejo, entre ellos y Graeff, si, claro, atravesaban el cruce antes que el tren, si ponían al tren entre ellos y el auto de Graeff, si el tren no llegaba al cruce antes que ellos, si ellos podían hacerlo antes que el tren, que ya estaba aquí, cerca, demasiado cerca, pero no tan cerca como para no intentarlo, como para no intentar cruzar antes que el tren, porque si no cruzaban el viejo los acometía, si no cruzaban todo se echaría a perder, de modo que tenían que cruzar, aun cuando el tren estuviera tan cerca, tenían que cruzar.

Pedro Graeff detuvo el auto no bien vio al tren arrollar cruelmente al sulky de los asaltantes. Lo agarró por la mitad. Una mitad quedó de un lado del cruce y la restante, con Agustín, con Genaro y el caballo, salió despedida hacia el otro, de modo que Graeff no pudo ver la suerte que habían corrido. Le dijo a Leandro "Vení" y bajó del auto y empezó a caminar con lentitud, como quien sabe que enfrenta hechos ya decididos, luego de que el tren hubo atravesado el cruce. El tren demoró en detenerse. Descendieron los maquinistas y Graeff les dijo esto es asunto mío, hubo un asalto y yo me hago cargo, y los maquinistas dijeron como usted diga, don Graeff, porque lo conocían y sabían que su palabra era ley en Ciervo Dorado, conque volvieron a la locomotora y el tren se fue sin más, apenas con algunos pasajeros curiosos que se asomaron por las ventanillas y se preguntaron unos a otros qué había ocurrido.

Graeff verificó que Genaro estaba muerto y también el caballo, al que no necesitó rematar. Pero Agustín permanecía con vida. Unos quejidos graves, finales lo denunciaban. Graeff, seguido por Leandro, se allegó hasta él. Agustín yacía en medio de unos pastizales, como si se hubiera desplazado hasta ahí en un intento final por esconderse. Estaba malamente herido. Agonizaba casi. Graeff lo miró con más odio que compasión y dijo: "Oíme bien, yo nunca te dije chino de mierda. Y quiero que se lo digas a mi hijo". Agustín quiso hablar y un hervor de sangre lo ahogó. Había perdido un brazo y tenía el pecho hundido, quebrado. Dijo: "Sacrifíqueme, don Graeff. No me deje morir así". Graeff dijo: "Decile a mi hijo la verdad". Agustín ya casi no respiraba, respirar debía causarle un dolor extremo ya que las costillas habían hendido sus pulmones. Con un hilo de voz, de un modo apenas audible, otra vez dijo: "Sacrifíqueme, don Graeff". Graeff llevó su diestra al cinto, sacó la Luger, apuntó al corazón del moribundo e hizo fuego.

Luego, mientras volvían al pueblo en busca de las autoridades, Graeff, sin mirar a Leandro, con las manos muy firmes en el volante, con una voz dura, como tramada por el rencor, dijo: "Le disparé esa bala por piedad". Hizo una pausa. Leandro contenía la respiración, parecía saber que estaba por oír de su padre algo definitivo. Graeff añadió: "Pero también para castigarlo".

5

¿Era Schubert o Chopin? Leandro no lo recordaba y temía preguntárselo a su madre porque temía que ella tampoco lo recordara. Pero la pieza que tocaba cuando se sentaba al piano solía ser la misma; a veces, raramente, otra, sólo raramente otra, porque era siempre ese vals triste, cuya melodía estaba a cargo de la mano izquierda y luego se animaba en su parte central, aunque no mucho, ya que el vals seguía siendo triste hasta el fin, que era, si cabía, su momento más triste. A Leandro le sonaba hermoso y nunca —o casi nunca— dejaba de emocionarse cuando su madre, las manos blancas y delgadas sobre el piano, lo tocaba.

Era él quien se lo pedía. Solía llegarse hasta la casa inesperadamente, con cualquier excusa y en cualquier momento del día, y ella estaba ahí, donde su destino la había clavado, frente al piano. Leandro entraba en silencio, sin decir palabra, sin saludar a su madre porque sabía que ella no habría de saludarlo, no habría de dejar el piano, y se dejaba caer, lánguido, sobre un sillón que ya parecía hecho para recibirlo, y esperaba que su madre terminara lo que fuera que estuviese tocando, girara quedamente y lo mirara, y entonces él habría de decir lo que siempre decía: "Toque ese vals, mamá. Por favor". La madre sonreiría, giraría otra vez, otra vez sus manos blancas y delgadas sobre el teclado y otra vez el vals, que tal vez fuera de Schubert o de Chopin, pero era siempre el mismo, el mismo vals, la misma emoción, el mismo ritual, la misma atmósfera que se creaba entre los dos, que los dos compartían y amaban. (Años después, azarosamente, Leandro habría de escuchar ese vals en otro piano, por otro pianista y, a su pregunta, el pianista, casi desdeñoso, respondería: "Chopin, desde luego".)

Ella se llamaba María y su apellido de soltera –que había suprimido y parecía haber olvidado– era Escalante, de modo que ella se llamaba María Escalante de Graeff, pero era, por elección y hasta el final, María Graeff, la mujer de Pedro Graeff. Leandro deseaba amarla, y el ritual de sentarse cerca del piano a escuchar el vals de la tristeza era el modo de expresar ese amor. Era, también, un imperativo. Las fuerzas que lo impelían hacia su padre, despertadas por la personalidad poderosa de Graeff, debían desviarse también hacia su madre, debían incorporarla, aunque ella fuera débil y no lograra atraer a nadie. Leandro quería quererla, pero querer a su madre era querer a una sombra, a una ausencia, era condenarse a la frustración. Lo único que recibía de ella (y sabía que nada más habría de recibir aunque él se propusiera denodadamente buscarla, convocarla) era ese vals y la rutina de la sala y el sillón y el piano y, a veces, un té o un café con leche sin conversación alguna, silencioso, secreto como ella era secreta.

Cierto día, las cosas fueron fugazmente distintas. Ocurrió al regreso de ese viaje a Buenos Aires, el de 1928, el de la asunción de Yrigoyen, el de la mujer misteriosa de la calle Florida, el del pedido de Graeff. Sólo a dos días del regreso Leandro apareció en la sala, como solía hacerlo, en tanto ella tocaba el piano. Se deslizó en el sillón, esperó, y cuando ella hubo girado hacia él, él no le dijo: "Toque ese vals, mamá. Por favor". Permaneció largamente mirándola y en silencio. Hacía calor ese día. Leandro la escuchó respirar con sofocación. Quizás ella supiera que él estaba por preguntarle algo incómodo. Leandro dijo: "Quiero preguntarle algo, mamá". María Graeff no respondió; se lo quedó mirando (tal vez podría mirarlo así por toda la eternidad) y sus ojos eran acuosos, como si hubiera llorado o estuviera por llorar, como si sufriera sordamente, como si sufriera sin dolor, apenas con resignación. Leandro insistió: "Quiero preguntarle algo". María Graeff hizo un leve gesto con su cabeza, asintiendo. "¿Cómo era usted antes de que yo naciera?" María Graeff no respondió. Leandro dijo: "¿Era alegre, le gustaban las fiestas, bailar, reírse?". María Graeff dijo: "Yo siempre fui así". Lo dijo sin dejar de mirarlo, impasible, con esos ojos calmos y acuosos. Leandro, como si susurrara, dijo entonces: "Toque ese vals, mamá. Por favor". María Graeff giró con lentitud, otra vez sus manos blancas y delgadas sobre el piano, y otra vez tocó el vals. Que era de Chopin, desde luego.

6

A veces recordaba el rostro de esa mujer poseída y sentía una rigidez helada en la nuca, como una tenaza, un témpano. Esa voz sofocante, esos rugidos demenciales, esa mujer que le exigía su salvación imposible, que la llevara a Buenos Aires, que la arrancara de la sombra pestilente del viejo Rosetti y le diera una nueva vida. Sin embargo, no le llevó demasiado olvidarla. Sólo brevemente apareció en sus sueños, jamás pensó que podría regresar de la tumba (como ella, en su desdicha, pensaba de su marido muerto) y, poco a poco, fue olvidando su rostro, las formas de su cuerpo, el sonido de su voz, sus olores, su aliento. El nuevo trabajo lo ayudó. Se transformó en un instrumento certero y veloz a las órdenes de Pedro Graeff. Se ganó la amistad de Leandro. Y se alegró al saber que esa muchacha que solía ir a la farmacia y era tan bonita y le gustaba ver se llamaba Laura Espinosa y era la novia de Leandro, de modo que seguiría viéndola. Mario Bonomi no había nacido para sufrir.

Leonor, su mujer, esa joven de ojos azorados y palabras escasas, quedó embarazada no bien él entró a trabajar en el Gran Almacén. Sería su tercer hijo. Graeff conocía a los otros dos, ya que Mario Bonomi pidió a Leonor que fuera a buscarlo un día a la salida del trabajo, y allí estuvo ella, ella y los dos varones, de cinco y tres años, y Graeff los conoció y, una semana más tarde, conocía también la casa de Mario y llevaba regalos para los niños y jugueteaba con ellos. Se sintió tan generoso que le prometió ayudarlo a cambiar de casa, porque los niños crecían y necesitaban espacio, sobre todo, dijo, necesitan un terreno para jugar y correr, necesitan un perro, unos árboles, mucho sol. Mario se lo agradeció y fue ahí cuando le dijo que Leonor esperaba el tercer hijo, noticia que produjo algo inesperado en Graeff, sorpresivo, porque extrañamente sintió que ese hijo venía para él, que era por el trabajo que él, generoso, le diera a Mario y por las perspectivas que ese trabajo y esa relación –o casi esa amistad que él le concedía– otorgaban al joven y vigoroso padre, que el embarazo había acaecido, pues nada es más fértil que la seguridad, y Mario, ahora, junto a él, podía vivir seguro y mirar el futuro sin incertezas.

Quien no dejó de percibir, con una inmediatez que tal vez proviniera del miedo o el dolor, que Graeff sentía que Mario Bonomi le entregaba el nieto anhelado, fue Leandro. La percepción no demoró en volverse certidumbre. Su padre había volcado en ese joven sentimientos que sólo se reservan para un hijo; sentimientos, en suma, que le pertenecían a él. Leandro, sin embargo, eludía la idea de ver en Mario a un rival. Y hasta podía comprender a su padre. La situación –aunque incómoda y extraña, alarmante a veces– sería temporaria. Todo duraría hasta que él, el verdadero hijo, le diera a Graeff lo que éste deseaba. Debería casarse cuanto antes y no bien su padre viera a su verdadero nieto, al fruto de su estirpe, al heredero de su sangre, le consagraría su amor y no necesitaría desviarlo en otros seres, que serían siempre ajenos, por cercanos que parecieran. Él habría de ser siempre el hijo de Pedro Graeff y nadie ocuparía ese lugar. Él habría de colmar los deseos de su padre y no un extraño. Sólo necesitaba casarse con Laura Espinosa y hacerle un hijo, un hijo que, orgulloso, entregaría a Graeff como si le dijera aquí está su sangre, papá, su verdadera estirpe, la que sólo yo, su hijo, puede darle. Esta certitud logró serenarlo y le ahorró días de amargura.

Leandro y Mario trabaron una amistad que surgió del trabajo, del esfuerzo joven, de la competencia limpia. Quizá ninguno de los dos intentara ser mejor que el otro, quizá los dos buscaran ser muy buenos, eficaces sin posible apelación, quizá, sobre todo, los dos buscaran la aprobación final, definitiva de Graeff, y esta búsqueda los llevó a un rigor implacable y severo, a una áspera mística del trabajo, que, lejos de enfrentarlos, los colmó de alegría. Era magnífico ser joven, ser fuerte, ser eficaz y sentir que bastaba una voluntad enérgica, el deseo ardoroso de hacer las cosas, para que las cosas surgieran, tuvieran lugar, y para decirle a Pedro Graeff, al fin de cada jornada, que sí, que todo había sido hecho, que todo había salido bien, como él lo quería y ordenaba.

Recorrían el pueblo con un camión Ford al que a veces se sumaba Luciano, que no era joven pero era todavía fuerte y quería sentirse útil a Graeff tanto como lo querían ellos. Ciervo Dorado se dilataba en construcciones nuevas y allí debían estar entregando cajas de luz, maderas, listones, cemento, utensilios de albañilería y conductores de electricidad. Gustaban detener el camión y no aceptar que fueran los peones de la obra quienes descargaran el pedido. No, lo harían ellos. Era un goce secreto y poderoso sentir que los músculos se hinchaban, que las muñecas resistían toda prueba, que el sudor corría desde la frente hasta perderse entre los labios, salado y tórrido.

Cierto día, hicieron algo que solían hacer: llevar mercaderías a otro pueblo de la provincia. Ese pueblo fue el de Coronel Andrade, que estaba a pocos kilómetros de Ciervo Dorado y le competía duramente en el afán por crecer. Llegaron cuando el sol se perdía tras las últimas casas. Llegaron, sin embargo, para el deslumbramiento. Que no surgió de ese sol moribundo, sino del esqueleto de una construcción desmedida. Detuvieron el camión, descendieron y miraron al sorprendente dinosaurio. Alguien les informó que sería un hotel, un gran hotel, que se llamaría, precisamente, Gran Hotel Coronel Andrade, y que el dinero provenía de gente de Buenos Aires, de inversionistas que creían posible encontrar petróleo en el lugar, que habían estudiado el terreno, que habían llegado con aparatos extraños y técnicos que hablaban en inglés y en alemán y habían dicho sí, aquí reposa el oro negro, sólo hay que sacarlo. Y habían construido el hotel porque esa gente siempre necesita un buen lugar donde estar y si todo era así, si era cierto, si el oro negro yacía en las entrañas de Coronel Andrade, entonces eso se llenaría de banqueros, de gente importante, hasta de políticos y funcionarios del gobierno, y el pueblo habría de crecer tanto y tan repentinamente como había crecido el hotel, porque todo eso que ustedes ven lo hicieron en menos de tres meses, aunque no lo crean, en menos de tres meses y dicen que lo van a terminar muy pronto, porque el oro negro, dicen, brota generoso en Coronel Andrade y sólo hay que sacárselo a la tierra, que pareciera deseosa de entregarlo.

Regresaron a Ciervo Dorado y le contaron la nueva a Pedro Graeff. Quien, contrariado, movió su cabeza y murmuró entre dientes, con envidia, con ostensible irritación, qué suerte tienen esos gringos de mierda. Y dijo *gringos* porque en Coronel Andrade había muchos italianos y porque Graeff, cuando se irritaba, le decía gringo a cualquiera, menos a San Martín, a cualquiera. Hasta tal punto se había hecho argentino.

7

Concluyó la novela de Lugones y supo que si alguien, ahora, acaso el padre Bartolomé Ocampo, le preguntara qué era el Mal, ella habría de responder: "El Mal es el doctor Ignacio Sandoval". Y hasta hubiera añadido que el doctor Ignacio Sandoval era, si no el Demonio en persona, uno de sus representantes más tenebrosos. Sabía y aceptaba que Sandoval era fruto del arte de Lugones, que nadie, en la realidad, puede ser tan cruel. Pero si algo dejó esa novela en ella, si algún temor le infligió para siempre fue el de encontrar en la vida un ser tan demoníaco.

Tal como había presentido, la novela del *poeta nacional* expresaba su genio y llevaba el tema del amor a alturas que los *novelines* jamás habrían de alcanzar. Le sobraban las palabras a Lugones. Si quería mencionar la primavera escribía *Mucho avanzaba, por cierto, la primavera, estallando como aturdida de sol en pimpollos y gorjeos, mecida en la cándida languidez de los nubarrones con que parecían soñar su propio azul grandes cielos conmovidos.* Si quería unir la belleza de su heroína con la del atardecer escribía *Una variación de la luz tardía transparentó en rosa el cristal de la ventana. Y sobre aquel tenue resplandor, que diluía en irreal fluidez la sombra del ámbito, sin aclararla, no obstante, el rostro de la joven transfiguróse con secreta hermosura.* Conocía, también, la soledad del alma femenina, porque la protagonista, la sufriente Luisa de Mauleon, hija de Doña Irene, confiesa que sus fantasías jamás habrán de realizarse, que esta certeza la acompaña desde siempre y la atormenta y, entonces, conmovedoramente, dice *A falta de mis fantasías, busqué novelas.* También ella había buscado novelas. Tanto, que ahora tenía la de Lugones en su poder. Sin embargo, de la historia de amor, sólo le restó el miedo al villano. Tan temible era.

La trama de *El ángel de la sombra* no la sorprendió al principio. Era la trama de casi todos los *novelines.* (En este punto hasta se atrevió a dudar del genio de Lugones.) Era la historia del amor imposible entre Luisa de Mauleon, niña de una rica familia, y el abogado Carlos Suárez Vallejo, joven de escasos recursos. Laura sabía que estas historias no terminaban bien. Las barreras sociales raramente se quiebran. No era inesperado que Luisa enfermara de gravedad y que su vida empezara a languidecer. Tenía tuberculosis, como casi todas las heroínas que se enferman en los *novelines.* Pero aquí aparecía el genio de Lugones. Aparecía el doctor Ignacio Sandoval, que ama secreta y desesperadamente a Luisa y está dispuesto a llevarla a la muerte antes que verla en brazos de otro, en brazos de Suárez Vallejo, ese intruso.

El doctor Sandoval es el médico de la familia de Luisa y se encuentra *vinculado a Doña Irene por cierto lejano parentesco que sólo bromeando mencionaba*. Lugones iba más allá de los límites: Sandoval era pariente de Luisa, ya que lo era de su madre, y, pese a ello, la amaba como hombre. Sandoval vive en busca de un amor incestuoso. Tampoco esto habrá de detenerlo, como nada lo hará. Prescribe una cura para Luisa y todos le creen, no en vano tiene la autoridad de ser el médico de la familia. Luisa deberá ser llevada a la casa que la familia posee cerca del mar, ahí habrá de curarse. *¿No lo afirmaba, acaso, la ciencia? ¿No hacía milagros el mar con las parálisis y los raquitismos tuberculosos?* Sandoval sabe que no es así. Sabe que la cercanía del mar la matará inexorablemente. No le importa. Es más, lo desea. ¿Para qué habría de vivir si ama hasta la insensatez a Suárez Vallejo? ¡Ama! *–decíase, enloquecido de tortura hasta astillarse los dientes en el espasmo de su desesperación–. ¡Ama y es amada!* Sólo existe para ese amor, sólo existe para Suárez Vallejo, que es, para ella, lo único que existe. *Él también sería único. El supremo evocador de aquellos nombres del abismo: Nadie, nada, nunca...* Luisa, a veces, siente recobrar sus fuerzas. Y con sus fuerzas, sus esperanzas. *Después de todo, ¿por qué no iba a sanar? ¿Por qué no la curaría aquel régimen adoptado con tanta fe por un médico tan sabio y adicto? Su médico desde la infancia.* Con esta fe retornaban los bellos amaneceres y Lugones escribía esas páginas que tanto amaba Laura Espinosa, las páginas del amor, de la vida. *Amaneció uno de aquellos días de oro claro, fragantes de pradera y de mar. Gloriábanse, casi continuos, jubilosos gorjeos. En el parque* *inmediato, un arrullo de tórtola enternecía el misterio de la arboleda.* Pero el cuerpo de Luisa no mentía, en él se escribía su destino, que era morir. *Luisa limitóse a contemplar con piedad melancólica sus dedos adelgazados.* Más allá de la muerte de Luisa, el verdadero horror de la novela eran la crueldad y la locura, infinitas, del doctor Sandoval. Laura Espinosa, en la soledad de su habitación, durante las largas noches en que se entregaba a la lectura, era estremecida por los laberintos demoníacos del alma del doctor, de ese amo de la muerte, de ese hombre, nacido para curar, que traicionaba su juramento por la locura maldita de su pasión, llevando a la agonía a un ser que amaba y podría, si lo quisiera, salvar. *¡Él era el dueño de esa muerte! ¡Claro que se iba a morir, divina y amada como nadie lo fue nunca! ¡Eso era, eso sí, querer hasta la muerte! Y después de verla muerta, ¡qué le importaba a él morir también, fracasado, hundido! Las potencias de la fatalidad y de la sombra: la pasión, el dolor, la muerte, él las desataba con poderío incontrastable. ¿Quién comprendería la desesperación de no poder evitar esa sentencia más fuerte que él mismo? ¡La horrenda angustia de llorar su propio crimen!* Era así: Sandoval lloraba su propio crimen, sufría la condena de matar lo que amaba, pero era tan minuciosa su tarea destructiva, tan frío su odio, que Laura Espinosa no podía compadecerlo. ¿Cómo era posible ver morir, día a día, a un ser que se ama? ¿Cómo podía Sandoval mirar los dedos delgados de Luisa, escuchar sus toses agónicas, finales, y no salvarla? ¿Cómo podía vivir envuelto en tanta crueldad? ¿Qué clase de ser era? ¿Qué otro ser sino el Demonio?

Por fin, Luisa muere. Antes le ha confesado a Sandoval, sólo a él en quien trágicamente confía, su secreto. *Soy la amante de Carlos Suárez Vallejo.* Si algo le faltaba para firmar su condena, era esa confesión. Muere y Sandoval se hunde en la más honda desdicha. Sufre aún más que Carlos Suárez Vallejo. Con quien entabla algunas prácticas de esgrima, que pretenden tener la inocencia de un juego y sólo eso. Cierto día, lima la hoja de la espada del joven y se hace matar por éste, quien, ignorante de todo, nada se ha propuesto. *La estocada era mortal, y minutos después perdía el herido la palabra.* La recobra a la noche, entre estertores, para decirle a Suárez Vallejo que le ha dejado una carta, que ahí explica todo. *La carta era seca como un informe, contaba todo sin sombra de arrepentimiento.* La historia llega a su fin. Lugones sabe que ha escrito una historia insana, la insanía de Ignacio Sandoval. *Y si todo aquello parecía un caso de enajenación mental, convendría pensar que cualquier pasión desesperada es una forma de locura.* Nunca Laura lo había creído así. Para ella, conocedora de la lógica de los *novelines*, una pasión desesperada era la forma del amor, su forma más genuina, ya que siempre el amor surge entre contrariedades. No podía ver en el doctor Ignacio Sandoval a un hombre enamorado. Ni siquiera enamorado con desesperación. Sandoval era un asesino desquiciado, no un amante. Sandoval era el personaje más diabólico que había conocido, y apenas podía serenarla pensar, una y otra vez, tantas veces como fuera necesario, que sólo habitaba las páginas de un libro, que sólo existía en la imaginación, sin duda genial pero desmedida, de Lugones. Porque si Sandoval existía, si un ser así podía ser real, entonces existía Satanás y el mundo no era, no podía ser lo que ella creía. Lo que ella creía que era antes de leer esa novela –injusta o acaso temerosamente olvidada– del poeta de la patria.

8

Fueron las trompadas las que terminaron de unirlos, de sellar esa amistad. Ocurrió un día cualquiera, uno de los tantos días en que recorrían el pueblo y los alrededores con el camión, entregando mercaderías, Luciano al volante y ellos dos cruzando algunas palabras, no muchas, porque el trabajo era el trabajo y no era cuestión de solazarse en parloteos. Llegaron a un aserradero y –tal como era hábito– declinaron la colaboración de los obreros y ellos iniciaron la descarga de los materiales. La cosa no cayó bien.

Sucedió algo que tal vez fuera extraño que no hubiese sucedido antes, porque había altanería, una arrogancia joven y desdeñosa en ese hábito de Leandro y Mario, que Luciano compartía, aunque sin la misma convicción y agrediendo menos, pues la bravuconada de un hombre mayor destila pena y la de un joven –como eran jóvenes, tan jóvenes Leandro y Mario– es un agravio. El capataz del aserradero, un tipo gordo, dibujado por la carne asada y el vino dulce, pero de dimensiones temibles, se presentó al frente de cuatro o cinco obreros y les preguntó de modo belicoso si pensaban que ellos, él y los obreros, eran hembras en lugar de machos, si pensaban que no tenían costumbre de hacer las cosas por sí mismos, sobre todo las pesadas, las duras y difíciles, si pensaban, les preguntó, que le tenían miedo al trabajo o se iban a herniar si cargaban un bulto.

Leandro y Mario, furtivos, cambiaron una mirada y supieron que no saldrían de ahí sin pelear, lo que no les produjo miedo alguno. Leandro sabía que Mario era fuerte y no dudaba de su valentía. De sí mismo sabía algo más: durante casi tres años había practicado box en el Club Atlético Rauch y había volteado a tipos de dimensiones tan temibles como las del capataz y no tan gordos, ni tan lentos, ni tan –seguramente– tontos. De modo que se instalaron en un punto fijo, como esos boxeadores que eligen el centro del ring, se pusieron espalda contra espalda, apretaron los puños y esperaron, sin decir palabra, lo que se viniera, sólo echándole una veloz mirada a Luciano, una mirada que decía no te metás, pero también decía estate atento, esto no va a ser fácil.

Al principio, la actitud de los jóvenes desconcertó al capataz. Que eligieran pelear con tanta decisión lo desconcertó. Esperaba algunas respuestas cautelosas y hasta también algunas disculpas, pero no eso, que se pusieran así, espalda contra espalda, como si estuvieran habituados a hacerlo, como si fuera parte del trabajo, un hábito y no un hecho inesperado y temible. Pero el asombro le duró poco. Se le transformó en furia y en ganas de bajarles los dientes a esos dos mocosos envanecidos, que la jugaban de bravos como si eso no sólo fuera posible, sino fácil contra él y los suyos. Largó una puteada ronca, casi un rugido, y embistió contra Leandro, quien esquivó su mandoble quebrando la cintura hacia la izquierda y le hundió un derechazo feroz en esa panza excesiva, que era temible

sólo porque abultaba, apenas por eso. El capataz retrocedió atónito, uno, dos, tres pasos, agarrándose la panza,
abriendo la boca en busca de algún aire imperioso. Pero
no cayó. Se sostuvo sobre sus piernas macizas y miró a
Leandro con los ojos enormemente abiertos y con toda
la furia del mundo destellándole ahí. Miró a los suyos y
gritó cáguenlos a piñas, carajo, y los suyos, lejos de arrojarse feroces sobre Leandro y Mario, apretaron sus puños –tanto, que los nudillos se les volvieron blancos– y,
con cautela, porque sabían ya que esos golpeaban duro,
que lo que uno, Leandro, había hecho lo haría seguramente el otro, igual o peor, con la misma o con mayor
dureza y precisión, con cautela empezaron a cercarlos,
a meterlos dentro de un círculo del que saldrían mori-
bundos, o meramente con vida como para irse de ahí,
dando lástima y con el orgullo castigado para siempre.
Leandro y Mario siguieron espalda contra espalda y fueron girando con lentitud, en guardia, con los puños altos, listos para golpear y listos para cubrirse, mirando a
los ojos de sus adversarios, mirando a uno y a otro y a
otro, a todos, diciéndoles que no les temían y que se vi-
nieran no bien les diera el coraje. Los hombres del aserradero atacaron en conjunto, los cuatro, los cinco a la
vez, y el capataz también. Leandro y Mario los recibieron
lanzando golpes veloces, certeros, golpes que sacaban con
las dos manos, secos y ásperos como latigazos.

Leandro confiaba su suerte a lo que era casi un de-
fecto de su mano derecha. El nudillo de su dedo mayor
era una protuberancia rocosa, desatinada en cualquier
mano que no fuera la suya, un ariete que donde golpeaba
hería, cortaba sin más la carne del adversario. Casi no

se había atrevido a usarlo en sus prácticas del Club Atlético Rauch. En parte porque sabía que destruía excesivamente, en parte porque el dolor lo devastaba si el uso era abusivo. No obstante, ese día, enfrentando a los obreros del aserradero y a ese capataz abominable, en esa pelea que era la más feroz y desigual de su vida, Leandro decidió ser abusivo con su nudillo pedregoso, decidió tolerar infinitamente su propio dolor si ese dolor servía para quebrar a los otros, para hendirles los pómulos, los labios, astillarles las narices, enceguecerlos.

No fue fácil. Los obreros no eran como el capataz. Eran más jóvenes y fibrosos. Metieron algunos golpes que dolieron, que fueron a dar en las costillas o en los rostros de Leandro y Mario, que les sangraron la boca, hicieron crujir sus dientes y sangrar, también, sus narices. Nada los arredró. Devolvían tres golpes por cada uno que recibían. Hasta que empezaron a no recibir ninguno, porque eran sólo ellos los que pegaban, sólo ellos y con una furia y una precisión devastadoras. El capataz fue el primero en caer. Leandro lo calzó en la punta de la pera con un golpe que acompañó de una puteada vigorosa y triunfal. El capataz, otra vez, retrocedió, uno, dos, tres pasos, sus ojos se extraviaron en un giro absurdo y puso una rodilla en tierra y trató de mantenerse así, como para no incurrir en la desvergüenza de besar el suelo. Pero Leandro se empeñó en hacerle conocer la humillación. Le pateó la pierna con que se sostenía y le arrebató su precario equilibrio. El gordo belicoso cayó sobre su flanco derecho, con todo ese peso abusivo, y golpeó con la cabeza sobre el cemento áspero y desparejo, lleno de protuberancias que eran, algunas, filosas como cuchillos. Una sangre oscura, espesa se deslizó lentamente en busca de la acequia. Los otros lo miraron caer y titubearon. ¿Seguían o no? Leandro y Mario permanecieron con los puños altos, la guardia armada, esperándolos. Uno, sólo uno se animó. Uno que no pudo soportar que esos dos mocosos arrogantes ganaran esa pelea y la ganaran contra tipos como ellos, que eran tipos duros, tipos del aserradero, con puños grandes y curtidos, tipos hechos para el esfuerzo, encallecidos por el trabajo y las adversidades. Mario esquivó su golpe ampuloso, anunciado, lleno de ira pero tramado por la torpeza, por la violencia ciega, desesperada, y lo calzó en el abdomen, y el tipo tosió y escupió sangre y trastabilló y fue a dar junto al capataz y quedaron juntos, como apilados por la derrota.

Los otros se frenaron. Pareció que se resignaban, que –para ellos– la cosa bien podía terminar ahí, ya que, al cabo, había sido el capataz el que decidió pelear y ahora estaba tumbado junto a la acequia, dando pena, un bulto inútil que sangraba. Pero no. Giraron y miraron a los otros obreros, a los que no se habían metido en el entrevero inicial, y los otros eran cerca de seis, seis tipos que entendieron la mirada de sus compañeros y empezaron a rodear a Leandro y a Mario. Quienes comprendieron que se venía lo peor. Que los tipos eran muchos y se disponían a no dejarlos salir de allí con la victoria. Sucedió entonces algo inesperado. Un balazo atronó el lugar y todos miraron a Luciano y Luciano había hecho fuego al aire con una escopeta y ahora encañonaba a los tipos que buscaban rodear a Leandro y Mario.

Se veía muy firme Luciano. Con voz fuerte y definitiva dijo: "La pelea se acabó. Perdieron. Y si la quieren seguir, vayan de a dos y no en tropel. Se los ve tan cagones que dan lástima". Los del aserradero bajaron los brazos y hasta parecieron sentir alguna humillación, puesto que era cierto lo que Luciano decía: era de cobardes pelear así, tantos contra solamente dos. De modo que ahí terminó todo. Leandro, Mario y Luciano subieron al camión y Leandro se permitió una injuria final y les dijo que la mercadería se la llevaban, y díganle al constructor que la compre en otro lado, si la encuentra, que nosotros la trajimos pero nos encontramos con una banda de pelotudos que no nos dejaron hacer nuestro trabajo. Luciano clavó el pie en el acelerador y el estruendo del escape subrayó la injuria de Leandro.

Se detuvieron brevemente en un almacén, compraron unas cervezas bien frías y siguieron hasta el río. El día se había puesto ceniciento y un calorcito terso, que presagiaba lluvia, humedecía el aire. Al llegar al río se dejaron caer contra unos troncos y abrieron las cervezas y bebieron largamente y se echaron a reír. Mario dijo: "La sacamos barata". Leandro dijo que sí, pero que era cierto lo que él había dicho, eran apenas una banda de pelotudos y el capataz el peor de todos, gordo de mierda, idiota y fofo. "Creen que meten miedo solamente porque abultan." Se sacó la camisa y era evidente que había dicho eso porque él no era gordo ni fofo sino fibroso y magro, y tenía los músculos tensos, prolijamente dibujados, y sabía que eso, ser así, era ser un hombre. Mario lo vio y supo que él también debía quitarse la camisa y exhibir sus músculos jóvenes, que en nada se desmerecían ante los de Leandro. Luciano se mantuvo al margen. Bebió cerveza y sólo dijo: "Lindo para darse un chapuzón". Miró a los jóvenes y añadió: "Denle ustedes antes que llueva".

Leandro y Mario se desnudaron. Era la primera vez que se veían desnudos y evitaron mirarse de modo ostensible, no fuera cosa de tornar explícita o evidente la situación. Se metieron en el agua y se lavaron la cara, pues tenían sangre, de ellos y de los otros, de los derrotados. Antes de lanzarse a nadar, Leandro echó una mirada al sexo de Mario. Era algo que asiduamente había hecho en los vestuarios del Club Atlético Rauch. Comparaba su pene con el de sus otros compañeros y esa comparación solía menoscabarlo. Sólo algunos tenían un pene más chico que el suyo; los otros, la mayoría, lo superaban. Sabía, no obstante, que su pene era grueso, que se dilataba en busca de una dimensión que amparaba su orgullo. Pero hubiera preferido destacarse en el largo, no en el grosor. Hubiera preferido –ésta era la verdad– las dos cosas. Que eran las que poseía Mario. Pudo verlo fugaz pero irrebatible antes de que se arrojara a nadar. El pene de Mario Bonomi era más largo y más grueso que el suyo; tal vez, incluso, fuera el más largo y grueso de cuantos había visto allá, en el vestuario del Rauch. O no. Bruscamente puso en duda su visión, que ya no fue irrebatible sino errática, incierta. ¿Había visto bien? ¿Era tan grande y tan grueso el pene de Mario Bonomi o era él, impulsado por su vieja conmiseración por esa parte misteriosa, secreta de su anatomía, quien había creído ver dimensiones que no existían? Se arrojó al agua y alcanzó a Mario con sólo un par de brazadas.

Aún estaban en el río cuando empezó a llover. Fue una lluvia lenta y algo tibia; fueron unas gotas gruesas, escasas –o, más exactamente, espaciadas– que caían como pequeños golpes sobre el rostro y algunas hasta parecían rebotar contra el río. El sol asomaba y desaparecía entre las nubes. Dicen que es bueno cuando llueve con sol, o algo así, recordó Leandro. Estiró los brazos hacia sus flancos, cerró los ojos y permaneció flotando, quieto, sintiendo las lentas gotas como caricias sobre su cuerpo tan laxo, tan entregado a las sensaciones. Había sido una buena pelea y habían ganado. Habría de recordar, en días de soledad y de gran dolor, este momento –ahora, en el agua, flotando de cara a ese sol huidizo, a esas nubes, recibiendo esa lluvia que era una lisonja del cielo– como un momento de gran felicidad, un momento en el que todo estaba bien y se deslizaba mansamente hacia un futuro sin sobresaltos. Salieron del río y se secaron con unas toallas que Luciano les alcanzó. Se pusieron los calzoncillos y los pantalones; no las camisas, no los zapatos.

Todavía restaban un par de cervezas, y estaban frías y se las fueron bebiendo quedamente, diciendo una y otra cosa y otra más, riéndose del gordo belicoso, de la patada con que Leandro le había hecho morder el cemento, alabando la precisa intervención de Luciano con la escopeta justo cuando todos se venían como caballos desbocados, vengativos, con esa furia que es tan peligrosa cuando surge de la humillación, porque los habían humillado, ellos, dos pendejos contra todos esos pelotudos que ni sabían largar bien un golpe, que se habían comido esa paliza, ellos, que habían peleado espalda contra espalda, como deben pelear los amigos, que habían ganado los dos, porque el triunfo no era de uno

ni de otro, sino de los dos, porque los dos habían repartido golpes por igual, porque los dos eran fuertes y jóvenes,
igualmente jóvenes, igualmente fuertes, aunque, por
supuesto, esto no se sabía, dijo Luciano, y lo dijo con
una mirada veloz, una mirada que echó sobre Leandro
y en seguida sobre Mario, no se podía saber, porque para saberlo tendrían que pelear entre ellos, entre ustedes, dijo Luciano, y añadió ni se les ocurra pelear entre
ustedes, no hagan pavadas, no es necesario cagarse a
trompadas para saber quién es más fuerte, y Leandro
sonrió y también sonrió Mario, y primero dijeron que
no importaba saber quién era más fuerte, y luego de
unos tragos más de cerveza dijeron por qué no, total,
no se pierde nada, y Mario miró a Leandro ya como res-
tregándole el orgullo y dijo dale, no te vas a echar atrás, y
Leandro dijo ni loco y ahí decidieron hacer lo que harían,
enfrentarse, pulsear. Ya no llovía.

Luciano trajo un cajón de herramientas, sólido, pe-
sado, con cinchos de acero, y lo dejó caer en la arena.
Era perfecto para una pulseada. "¿Qué tal?", preguntó.
"Una mesa estaría mejor, pero no tenemos." Leandro y
Mario pusieron sus rodillas sobre la arena, uno a cada
lado del cajón, uno frente al otro, y colocaron sus codos
en posición y trenzaron sus manos y se quedaron así,
mirándose, silenciosos y antagónicos. "Un momento",
atajó Luciano. "Hagamos bien las cosas". Fue otra vez al
camión y regresó con dos cuchillos, dos grandes cuchillos
con filos destellantes. Clavó uno y clavó otro, con el filo
hacia adentro, apuntando al brazo de los contendientes,
a veinte centímetros de cada uno. Cualquiera que venciera el brazo del otro hacia la izquierda lo entregaría

al filo de los cuchillos. Por eso Luciano dijo: "El primero que sangra, pierde". Y después dijo: "Ya". Y Leandro y Mario empezaron a pulsear.

No duró mucho. O quizás eso les pareció a ellos. Apretaron los dientes, se les tensaron los músculos y las manos eran garras rojizas que trepidaban, que pujaban con vehemencia y con una vanidad exaltada que era la vanidad de ser fuerte, de ser hombre. Leandro estuvo cerca de la derrota, cerca del filo infamante del cuchillo, cerca de la sangre. Se recuperó. Le rechinaron los dientes, la cara se le bañó en sudor, enrojeció, pero logró lo que buscaba, alejarse del filo primero y quebrar, después, el brazo de Mario, que ya no pudo retomar la iniciativa, que sólo pudo defenderse, y defenderse no fue sino demorar su derrota, porque Leandro pujó con tenacidad incesante, creciente ante la cercanía del triunfo, y Mario supo que perdía, que ganaba Leandro, y se lo dijo primero el dolor y después la sangre y después la voz de Luciano. Que dijo: "Se acabó". Que dijo: "Ganó Leandro".

Se aflojaron, rieron, miraron la herida de Mario, que no era nada, sólo un corte, una sangre escasa que era, sin embargo, la de la derrota. Se pusieron las camisas y regresaron al camión. Otra vez llovía. Luciano encendió el limpiaparabrisas. Mario palmeó a Leandro con un afecto viril y leal y le dijo mirá que sos fuerte, carajo, creí que te ganaba, pero no. Y Leandro rió divertido, porque todo simulaba un juego inocente, y le dijo la próxima ganás vos, te gané porque habrás repartido más piñas que yo en la pelea y te cansaste. Pero no era lo que creía. Había ganado y ese triunfo le hacía bien. Colmaba de felicidad

esa tarde inolvidable. Casi no hablaron durante el trayecto. Leandro, que sentía una paz dulce y caliente, que
la sentía en el pecho, donde, pensaba, debía estar el alma
si el alma existía, se consagró a mirar la lluvia a través
de la ventanilla, y la lluvia ya era más intensa y posiblemente trajera el frío. Se dijo: "Él la tendrá más grande,
pero la pulseada la gané yo".

Capítulo cuarto

1

Eran los últimos días de la primavera de 1929 y Pedro
Graeff subió a María y a Leandro Graeff a su voiturette
y los llevó a tomar el té en la terraza del Gran Hotel Coronel Andrade, que llevaba unos dos o tres meses en actividad y era ya el orgullo, no sólo de Coronel Andrade,
sino de la vasta y próspera zona de la provincia en que
también estaba Ciervo Dorado, hecho que no atenuaba
el orgullo herido de Graeff, ya que tanto malquería a
ese pueblo rival –que se obstinaba en crecer con más
pujanza que el suyo– que le era imposible sentirse parte
de su ventura. Sin embargo, esa tarde de la primavera
de 1929 decidió que no era justo privar a su mujer y a
su hijo de una visita gozosa, alejada de todo rencor o
competencia, al hotel que cobijaba a todos esos empresarios y técnicos que habían llegado de Buenos Aires
convocados por la fragancia oscura del petróleo que, todos decían, brotaba dadivoso de las tierras inmediatas
al pueblo. Otro motivo, acaso menos desprendido, más
material, lo llevó esa tarde a Coronel Andrade: había

tramado un par de reuniones con esos empresarios de Buenos Aires, aquéllos que la fragancia oscura del petróleo había convocado tal como ahora, de modo menos manifiesto, menos estridente, apelando a la tersa argucia de llevar a su mujer y a su hijo a tomar un té, lo convocaba a él.

La terraza era amplia, las mesas circulares y los mozos vestían chaquetillas cortas y blancas. Se deslizaban como bailarines entre la concurrencia, que era numerosa y vivaz, como festiva, como si todo eso fuera, ciertamente, una larga fiesta, una fiesta que anunciaba un futuro sin tropiezos. Pedro Graeff eligió una mesa y a ella se sentaron. Graeff vestía camisa de cuello volcado, moñito, saco de hilo y sombrero panamá. Lo que de él se veía era lo que él era: un hombre poderoso, un gran señor.

A Leandro le sorprendió la vivacidad de la gente. Más que alegres, los hombres y mujeres que ocupaban la terraza del hotel estaban vivos. Estaban ahí porque eso les pertenecía. Porque eran parte de la abundancia y porque la abundancia existía para que ellos la recogieran. Leandro, de un modo contradictorio, no se sentía justificado por ser el hijo de Pedro Graeff. Si no lo sentía en Ciervo Dorado, menos habría de sentirlo en Coronel Andrade, donde hasta su padre era un extranjero. No obstante, la plenitud con que Graeff se plantaba ante el mundo (aun ahí, en territorio ajeno) era absoluta, en tanto la suya era estrecha y él no lograba decirse soy el hijo de Pedro Graeff, lo que es suyo es mío, lo que él es soy yo. De modo que sintió en Coronel Andrade lo mismo que sintiera en Buenos Aires: sólo desde uno mismo se conquista lo desmedido, lo que destella y es poderoso.

Secreta, inesperadamente –ya que no había ido a esa terraza para acceder a semejante certeza– se dijo que alguna vez, con los años, el mundo le pertenecería tal como ahora le pertenecía a su padre y a todos esos hombres y esas mujeres que vivaces y festivos recogían la abundancia que entregaba la terraza del Gran Hotel esa tarde, esa primavera, en 1929.

La que no accedió a ninguna nueva certeza fue María Graeff. Estar ahí sólo corroboró lo que ya sabía de sí: su insignificancia. Se había vestido bien, con telas de seda, colores claros, guantes, pero ella, vistiera como vistiese, era nada, una adyacencia de su marido, un ser sin palabras, triste y sin futuro alguno, apenas la infinita repetición de lo mismo. Sólo algo la sorprendió, sobresaltó su muda quietud. Había una orquesta de señoritas en esa terraza. Tocaban valses de Strauss, algunas tonadas españolas, algún fox-trot. De pronto, tocaron el vals de Chopin que ella tocaba en su piano. No igual, sino más rápido, con más ritmo, buscando que la gente se animara a bailar esa melodía triste, pero hermosa. María Graeff respiró hondamente y soltó el aire. Fue un suspiro largo e indescifrable. Leandro acercó su mano a la suya, la sostuvo durante un instante, casi acariciándola, luego la retiró, luego la orquesta de señoritas concluyó el vals, hubo algunos aplausos y eso fue todo. Ya no hubo más sorpresas, esa tarde, para María Graeff.

Había un cine en Coronel Andrade y era tan nuevo como era nuevo el hotel. Alguien –un caballero alto, de pelo engominado, que fumaba con boquilla– le sugirió a Graeff que no dejara de conocerlo, porque, dijo, era un hermoso cine, porque, dijo, donde llega el progreso también llega el cine, frase que horadó el orgullo de Graeff: no había cine alguno en Ciervo Dorado y acaso eso testimoniara, más allá de todas sus certidumbres, que el verdadero progreso aún le era esquivo.

El cine se llamaba *Roma*. Tenía muchos anuncios de películas en sus numerosas puertas, tenía platea, pullman y pequeños palcos. Del techo colgaban dos grandes arañas doradas que atemorizaron ligeramente a Leandro, que imaginó la horrible posibilidad de que cayeran sobre ellos. No habría de ser así. Las luces se apagaron y vieron una extraña película. Una película sobre un hombre deforme que cubre su rostro con una máscara y ama a una cantante de la Ópera de París. En el momento culminante, mientras el hombre desquiciado, lleno de amor y locura, toca un órgano majestuoso, la cantante se le acerca lentamente, por detrás, y le arranca la máscara. Leandro dio un salto en su butaca. No en vano el pobre hombre llevaba esa máscara. Su rostro era una terrorífica calavera. Su rostro no era un rostro. Él no era un hombre, era un monstruo. La cantante, horrorizada, retrocede, huyendo. El monstruo sabe que jamás lo amará. Sabe, más que nunca, que es un monstruo y que su empeño por conquistar el amor de esa mujer sana y bella era el punto más alto, la cifra perfecta de su locura. Desde luego, muere.

Pedro Graeff salió fascinado de ese cine. Salió, también, con una convicción absoluta: había que construir uno en Ciervo Dorado y había que inaugurarlo con esa película que acababan de ver, con esa historia increíble, esa historia de amor, de celos, de horror y de muerte. Le dijo a Leandro: "Voy a hablar con Sanmartino". Y

Leandro lo escuchó apenas. Pensaba una y otra vez en la película. En *El fantasma de la Ópera,* tal era su título. Pensaba que jamás la cantante hubiera amado al monstruo porque era *imposible* amar a alguien así, era imposible amar a un monstruo. Ignoraba aún (y no podía sino ignorarlo) lo que esa historia habría de significar para él en los años por venir. Ignoraba que Santiago Sanmartino, con quien su padre se propusiera hablar, la proyectaría en Ciervo Dorado –porque Sanmartino era un experto en cine y era el indicado para estar al frente del que se inaugurara en el pueblo–, ignoraba que Sanmartino, sólo un par de años después, hablaría con él de otra todavía más terrible, o, sin duda, tan terrible como la que había visto esa tarde, que se llamaría *Frankenstein* y que se la explicaría con una minuciosidad que habría de resultarle cruel, dolorosa al extremo.

Cenaron en el Gran Hotel. Leandro acompañó a su madre a la habitación y quedó con ella jugando a las cartas; a la escoba de quince, juego que agradaba a María Graeff. Pedro Graeff fue a beber licores, a fumar cigarros y a tratar negocios con los inversionistas de Buenos Aires. Al día siguiente, regresaron. Graeff se mantuvo silencioso a lo largo del trayecto, lo que naturalmente impuso silencio a Leandro y a su madre. Ya llegaban al pueblo cuando Graeff, con una vehemencia súbita, presionando a fondo el acelerador de la voiturette, dijo: "Están locos esos idiotas. No hay petróleo en Coronel Andrade. Van a perder hasta el último peso". Dos años más tarde, los inversionistas regresaban a Buenos Aires, el hotel cerraba y permanecía solitario, como un dinosaurio absurdo y helado, un monumento a la ambición, también a la estupidez. Habría de transformarse –con los años– en una cárcel para mujeres en la que, se diría, ocurrían sucesos pavorosos.

2

El año 1930 –en que habrían de ocurrir acontecimientos decisivos en el país que Pedro Graeff había hecho suyo– traería sorpresas y desencantos para Leandro. Fue sorpresivo que su padre le dijera que fuera a Buenos Aires, que fuera solo, que le diera una carpeta con nombres y direcciones de proveedores con quienes debería entrevistarse, que le dijera que no habría de tener problemas, que resolvería todas las situaciones, las buenas, las adversas y aun aquellas que fueran peores que las adversas, que le dijera que fuera en tren y –en la que acaso fuera la mayor demostración de entrega y confianza– le dijera que se alojara en el Hotel City. Leandro partió durante los primeros días de marzo, cuando los meses del verano concluían y comenzaba la actividad nerviosa de la ciudad.

Se instaló en una habitación del segundo piso, se cambió las ropas con que había viajado y supo que podría hacer lo que su padre hacía: visitar a los proveedores, pelearles los precios de venta, lograr que un descuento del veintitrés por ciento se estirara hasta el veinticinco o hasta el veintisiete o al treinta si su audacia era tenaz; y tendría que serlo porque el éxito de su viaje –aquéllo que conquistaría la dura aceptación de Graeff– residiría en los buenos precios que arrancara a los proveedores, en los plazos de pago, en la rapidez de la entrega de los materiales. Supo que la ciudad monstruo lo esperaba. Que bajaría la amplia escalera del City, saldría a la calle y se lanzaría a la conquista de ese territorio que, ahora, su padre confiaba a su destreza, a su coraje. Vagamente supo que todo eso era hacerse hombre. La clase de hombre que su padre esperaba que fuese y que él deseaba ser.

Luego de visitar a dos o tres proveedores se sorprendió (como si se mirara desde afuera) caminando por la calle Florida. Sordamente sabía que estaba haciendo lo que había venido a hacer. Lo que se propusiera el viaje anterior al abandonar Buenos Aires, lo que se propusiera en el tren, mirando agonizar la ciudad en la distancia, atrapada su conciencia en las redes de la indiscreción. ¿Quién era la mujer de la calle Florida, la que vivía en ese cuarto piso, la que se asomara vistiendo una bata leve que el viento agitaba, la que tirara un beso a su padre, la de los cabellos largos y oscuros? Llegó al edificio, saludó al portero con indiferencia, buscando que sintiera el absoluto derecho que él tenía para entrar ahí, como quien entra en su casa, con la calma tersa de la inocencia, y subió por la escalera hasta el cuarto piso. La puerta del departamento era amplia, de una madera oscura, sólida y arduamente tallada. Tocó el timbre.

No hubo respuesta. Insistió, y otra vez ese silencio que era el testimonio de la ausencia. Oyó unos pasos y giró hacia la escalera. Era el portero, un hombre robusto, de estatura escasa, escaso pelo y un bigote abundante y negro. Le preguntó qué quería, a quién buscaba. "Busco a la señora", dijo Leandro. "La señora no está", dijo el portero y le preguntó quién era él, no qué quería, sino quién era, porque tal vez al saber quién era habría de saber, sin más, qué podría querer. Leandro elevó su barbilla, respiró hondamente y dijo: "Soy Leandro Graeff. Seguramente usted conoce a mi padre". El portero dijo que sí, que lo conocía. Y añadió: "Tengo ese honor". Y quedaron así, en silencio, mirándose. Incómodos. Leandro preguntó entonces cuándo habría de regresar la señora. El portero dijo no sé, a la noche, creo, pero no sé. Y añadió: "La condesa Von Döry está muy ocupada durante estos días".

De modo que así se llamaba: Von Döry. Un regocijo secreto se adueñó de Leandro. Le gustaba ese nombre. Pero más le gustaba que fuera eso, eso que el portero había dicho: una condesa. Era tan excesivo su padre. ¿Quién sino una condesa habría de ser su amante? Se despidió del portero luego de decirle que regresaría al atardecer. "¿Va a venir con su señor padre?", dijo el portero. Leandro giró apenas, lo miró por sobre su hombro, con orgullo y hasta con cierto desdén. "Voy a venir solo", dijo.

Almorzó, leyó los diarios y durmió una siesta. La ciudad entregaba la atmósfera de los acontecimientos inminentes. Los dos o tres proveedores con quienes hablara durante la mañana le habían dicho, sólo con matices diversos, lo mismo: el gobierno de Yrigoyen se desbarrancaba. "El pobre viejo vive encerrado", le confió un importador de maquinarias agrícolas. "No recibe a nadie. ¿Sabe cómo le dicen a su sala de espera? La amansadora, joven. La amansadora. Hay gente que lleva un año esperando. Hasta hubo una mujer que dio a luz a un niño". Y el importador, que tenía un abdomen ostentoso y un reloj de oro con cadena que lo cruzaba de lado a lado, se largó, estridente, a reír. "No quiero ofenderlo, joven Graeff. Sé que su padre lo estima al Peludo y supongo que usted hará lo mismo, pero esto no da para más. El país necesita sangre nueva, sangre joven." Leandro, que tenía ideas muy vagas sobre estas cuestiones, dijo: "Puede ser". Pero cada vez decía con mayor incomodidad esa frase. Ya lo avergonzaba entregar esa respuesta. *Puede ser*. Era imperioso que supiera –como todos parecían saber en Buenos Aires– qué era lo que *debía ser* para su país. No por otro motivo se propuso cenar esa noche en el Club Alemán.

Era el atardecer cuando regresó al departamento de la condesa. El portero no estaba. Subió los cuatro pisos y tocó el timbre. El resultado fue el mismo que el de la mañana. Un silencio triste que no hacía sino revelar la ausencia de una mujer que necesariamente habría de ser ruidosa, tal vez crujiente como un vestido de gala, como uno de esos vestidos largos y suntuosos con los que Leandro atinaba a imaginarla. Descendió la escalera y dio con el portero, en la puerta de entrada el hombre, fumando un cigarro que apestaba, el ceño fruncido, mirándolo como si lo reconviniera. "No lo vi entrar." Leandro dijo que él tampoco lo había visto, de modo que mal hubiera podido anunciarse, si es que tal cosa era necesaria. "No para usted", dijo el hombre. "Usted es el hijo de Pedro Graeff y no necesita permiso para nada." Y agregó: "Pero no abuse". Ahí Leandro advirtió que estaba bastante bebido, que el alcohol le enturbiaba la prudencia. Pensó exigirle que le dijera en qué abusaba, pero desistió. De nada serviría ganarse la enemistad de un ser tan ínfimo, de un alcohólico que fumaba un cigarro ordinario y cuyo único mérito –no desdeñable, claro– era saber, posiblemente, algo sobre la condesa Von Döry. "¿La encontró a la condesa?" Leandro negó y el portero dijo: "Le va a ser difícil". Leandro le preguntó por qué. "La condesa Irene anda muy ocupada estos días. Va y viene. Muy ocupada, le digo. Y la gente que anda muy ocupada nunca está en ningún lugar." El hombre pitó largamente del cigarro y arrojó un humo espeso y desagradable. "Venga mañana", dijo. "Quién le dice, la encuentra." Leandro se despidió y se alejó caminando por la calle Florida, llena de gente y murmuraciones. El portero le había entregado otro dato valioso. "La condesa Irene", había dicho. Ahora, Leandro sabía su nombre completo: Irene Von Döry. "Venga mañana." Por supuesto. Y se dijo: "La tercera es la vencida".

Cenó en el Club Alemán. Lo atendió el mismo mozo grave y de guantes blancos que lo atendiera cuando estuvo con su padre. Quien le dijo: "Su padre nos avisó que usted vendría". Le sirvieron un vino del Rhin, llevó la copa a sus labios, bebió y cuando sus ojos se apartaron de la copa descubrieron a alguien sentado a su mesa, frente a él, sonriendo, mirándolo fijamente, acaso desafiándolo o invitándolo a un juego que merecía jugarse. Era el teniente Enrique Müller, vestido –tal como en la anterior oportunidad– de militar pero, ahora, con un aire zumbón en el que no había incurrido durante la áspera discordia que tuviera con Graeff, en octubre de 1928, cuando Yrigoyen asumía el poder y Müller ya vaticinaba su derrumbe. "¿Se acuerda de mí?", preguntó con la certeza de saber que Leandro sí se acordaba. Tendrían la misma edad. Un par de años más el teniente; no era seguro, sólo posible. De modo que Leandro adoptó una actitud que sorprendió a Müller. Ya que tenían la misma edad, ¿por qué no tutearlo? De modo que dijo claro que me acuerdo de vos, sos el teniente que discutió con mi padre, que dijo que Leopoldo Lugones sólo era un poeta que hacía versitos y que Yrigoyen duraría poco en el gobierno. Müller sonrió, encendió un cigarrillo y, tuteándolo a Leandro tal como Leandro lo tuteara a él, dijo: "Te concedo algo: fui injusto con Lugones. Es el poeta de la patria y es el poeta de la espada. El poeta de la revolución". Leandro abandonó los cubiertos sobre su plato. No había perdido el apetito, pero sabía que no era posible distraerse si uno cruzaba palabras con un hombre como Müller. "Desde que llegué a Buenos Aires", dijo, "sólo escucho una palabra: revolución". Müller le dijo que esa palabra expresaba el deseo de los argentinos de verdad, de los hombres fuertes de esa hora de decisiones. Y añadió: "La revolución es un hecho. Tiene un jefe, que es el general Uriburu. Tiene un poeta, que es Lugones. Y tiene un orador, que es Manuel Carlés. A quien vas a conocer esta noche". Le alcanzó un cigarrillo a Leandro, quien aceptó y dijo: "¿Va a venir aquí?". "A Carlés le gusta el Club Alemán", dijo Müller, sonriendo. "Aquí es donde dice sus mejores arengas patrióticas." Leandro le confesó que sabía poco del personaje, que lo pusiera al tanto. Müller le dijo que era el jefe de la Liga Patriótica Argentina, que había luchado contra los anarquistas insurgentes durante las huelgas de 1919, que había dado clases en la Escuela Superior de Guerra,

que conocía y quería a los militares, que admiraba a Hitler
("casi tanto como yo", deslizó veloz, "y como todos aquí,
menos tu padre") y que cuando hablaba encendía los
espíritus, lanzaba a sus escuchas al combate, al heroís-
mo. "Un gran hombre", resumió.

Bebían un cognac lento y ardiente cuando llegó
Carlés. Dejaron las copas y fueron al salón principal del
Club. Había un escenario con una tarima, un micrófono
y una gran bandera argentina que parecía envolverlo,
cobijarlo todo. Carlés se subió a la tarima. Vestía a la an-
tigua, saco de levita, cuello duro y corbata de plastrón.
Tenía un bigotazo que venía de hábitos de fines del siglo
anterior y tenía algo que impresionó a Leandro: una gran
verruga negra junto a la oreja derecha. Parecía una araña
o una cucaracha, algo así. Durante un par de minutos,
Leandro no pudo evitar mirarla. Lo distrajo de esa obstinación la voz poderosa de Carlés. Porque en ese instante, ante un auditorio silencioso y reverencial, Carlés
decía: "Voy a dirigiros la palabra, rápida como tiro de
fusil". La frase estremeció a Leandro. Acababa de descubrir el poder majestuoso de las metáforas guerreras.
Porque no desconocía que las palabras podían ser rápidas.
Lo que desconocía era que esa rapidez se relacionara
con las armas, con los fusiles, con las balas. Que las palabras fueran rápidas sólo tenía para él relación con la
habilidad de algunas personas para hablar velozmente,
para decir muchas cosas en corto tiempo, para decirlas
con fluidez y con un brillo que, siempre que había dado
con ese tipo de personas, con los cultores de esa habilidad
de la que él carecía, acostumbraba envidiar. Carlés iba
mucho más allá: la palabra era rápida porque era rápida

como el fusil, porque se disparaba como la pólvora; no sólo con velocidad, sino con estruendo y violencia. Carlés seguía hablando y Leandro –extrañamente– sentía que le hablaba a él, que era su conciencia la que buscaba despertar. "Esta es la hora de los hombres fuertes. Es la hora de la fuerza. La demagogia populachera yrigoyenista se derrumba. Pero no caerá sola. Tendremos que tirarla abajo con nuestra furia, con el fragor de nuestra justicia viril. La patria les pertenece a los fuertes, no a los débiles, no a los timoratos. La patria es de quienes están dispuestos a darlo todo por ella. Es una obstinación de la que no se regresa. Una obstinación que nos lo pide todo: la vida y, si es necesario, la muerte. Porque de todas las formas de la muerte, sólo una es la más gloriosa: morir por la patria. Morir luchando contra sus tiranos. Morir por su grandeza y por su futuro infinito". Las palabras golpeaban a Leandro. Nunca había escuchado ese lenguaje: la hora de la fuerza, de los hombres fuertes, el fragor de la justicia viril, la obstinación, la vida y la muerte, la gloria, morir por la patria, por su grandeza, darlo todo por ella. Carlés enrojecía al calor de su arenga, y su verruga, su verruga horrible, monstruosa, crecía amenazante, como si fuera a saltar desde su rostro hacia la concurrencia. O, pensó Leandro, hacia mí.

Carlés finalizó exhortando a todos a cantar –dijo– la hermosa canción de la patria, el himno de nuestros viejos ejércitos, cuya gloria reverdecerá al calor de las luchas revolucionarias de hoy, con nuestra santa indignación y con el trueno de nuestras armas y de nuestros soldados. Entonces todos cantaron el Himno Nacional. También esto estremeció a Leandro. Ignoraba que el Himno pudiera cantarse de ese modo. Para él, el Himno de la patria sólo era un ritual de los años escolares, una serie de palabras que se cantaban sin pensar demasiado, sin preguntarse qué querían verdaderamente decir, si es que algo decían. Ahora, en el Club Alemán, luego de la arenga de Manuel Carlés, descubría que el Himno de la patria era un himno de guerra. Descubría que sus dos últimas estrofas –que todos, ahí, entonaron rabiosamente, como entregando la vida a un juramento indiscutible, absoluto– proponían una opción de hierro, un camino que desdeñaba puntos medios, matices, vacilaciones, toda hebra de debilidad. Porque el Himno de la patria decía: *Coronados de gloria vivamos o juremos con gloria morir.* Y todos ahí, en el Club Alemán, bajo la mirada y la voz impetuosas de Manuel Carlés, dijeron *o juremos con gloria morir* tres veces –porque así es el Himno de la patria, porque tres veces exige que se diga esa frase– y más fieramente cada vez, anhelando la gran batalla, el glorioso combate que entregara el marco formidable para el sacrificio supremo, para morir por la patria.

Todos, luego, bebieron cognac o vino blanco o champagne y fumaron cigarros que humeaban como cañones. Confuso, sin atinar a descubrir el sentido de su permanencia en ese lugar –él, el hijo de Pedro Graeff, un confeso yrigoyenista–, Leandro decidió marcharse. Lo interceptó el teniente Müller. Se lo veía radiante, embriagado aún por las palabras del jefe, por su arenga patriótica. Preguntó a Leandro qué opinaba de Manuel Carlés. Leandro dijo que era sin duda un gran hombre, aunque, arriesgó, "creo que es un poco exagerado". Müller sonrió con algún desdén, como si se apiadara de Leandro. Dijo: "Querido Graeff, un revolucionario siempre exagera". Inclinó ligeramente la cabeza, dijo buenas noches y se alejó. Aliviado, Leandro abandonó el Club Alemán.

Caminó desvaído por calles arboladas, cubiertas por la sombra, con grillos, con gatos fugaces y otras efusiones de la noche. A poco de andar se impuso olvidar a Carlés, a todos esos belicosos del Club Alemán que vivían tiempos de inminencias y arrebatos. Llegó a la calle Florida. Llegó al edificio de la condesa Von Döry y su mirada buscó el cuarto piso, anhelando lo que habría de encontrar, porque había luz en ese cuarto piso, porque las ventanas estaban abiertas, porque una sombra se agitaba más allá de las cortinas y todo eso quería decir que la condesa estaba ahí, que de dondequiera que fuese había regresado, y que también estaría ahí mañana, cuando él fuera en su busca con la decisión total de no perderla.

Regresó al Hotel City y se metió en la cama. Quería dormirse cuanto antes. No fue así. Dio una y otra y muchas otras vueltas en esa cama. Ocurría algo muy simple: no había logrado olvidar a Carlés. Su verruga, sobre todo. Ahora era una enorme araña que acechaba en la oscuridad del cuarto, que saltaría a su rostro, que lo emponzoñaría hasta morir. *O juremos con gloria morir*, pensó. *O juremos con gloria morir.* Y lo pensó una y diez y cien veces; tantas veces se repitió ese juramento de muerte, que el sueño, por fin, llegó. Como llega el silencio después de las batallas.

Era cerca de mediodía cuando regresó al departamento de Irene Von Döry. Su mero nombre lo excitaba. Que fuera condesa era ya espléndido. Que se llamara, además, Irene Von Döry cerraba un círculo de indefinible exquisitez en el que deseaba arrojarse sin vacilar. Que fuera la amante de su padre la llevaba a las cumbres de la seducción. Ni por un instante tuvo en cuenta los riesgos que corría. Muy poco le importó la posibilidad cierta de que ella le contara a su padre su visita, que su padre supiera que él sabía que tenía una amante, una condesa que vivía en el corazón de la gran ciudad y que hacía de él un adúltero, con la irritante situación de tener un hijo imprudente, tan imprudente como para conocer sus secretos y hasta sumirse en ellos con la altanería de compartirlos. Nada de esto le importó. Subió los cuatro pisos, tocó el timbre y esperó la aparición de esa mujer que –lo sabía– habría de deslumbrarlo.

Fue ella quien abrió la puerta. Tenía el pelo recogido y húmedo y no tenía maquillaje. Era como si recién hubiese abandonado su bañera. Olía a perfumes y a sales. Simplemente dijo: "¿Sí?". Leandro, también simplemente, dijo: "Me llamo Leandro Graeff". Ella dijo: "Conozco a su padre". "Lo sé", dijo él. Ella abrió ampliamente la puerta y dijo: "Adelante". Y añadió: "joven Graeff". De modo que dijo adelante, joven Graeff, y Leandro entró en el departamento.

Lo abatió el desencanto. Los muebles estaban cubiertos por sábanas, no había platería ni sillones ni percheros ni lámparas ni gatos suntuosos. Todo estaba en el punto exacto para el abandono. Todo estaba ahí para ser abandonado. Con asombro y dolor, lo supo al instante: Irene Von Döry se iba de esa casa y, muy posiblemente, se iba de Buenos Aires, del país y, sobre todo, se iba de él, sin haberle dado tiempo para nada.

Ella descubrió su sorpresa y descubrió todo cuanto había por descubrir, ya que Irene Von Döry era una mujer experimentada y Leandro un joven transparente. "Me voy del país, Leandro", dijo y añadió: "Lamento que nos conozcamos en una situación tan...". Se detuvo y lo miró fijamente, entre tierna y triste. Dijo: "Tan definitiva". Tenía todavía una mucama a la que ordenó un té y se sentó en un sillón sin siquiera quitarle la sábana blanca, que era el símbolo del adiós. Indicó a Leandro que se sentara frente a ella. Luego dijo: "Su padre es un hombre extraordinario, joven Graeff. Lo conozco desde hace muchos años". "No lo sabía", dijo Leandro. La condesa sonrió y encendió un cigarrillo. Uno de esos cigarrillos turcos que eran parte de su exquisitez, de su leyenda. No convidó a Leandro y dijo: "Desde luego que no lo sabía. Yo soy algo que usted no debía saber, Leandro. Algo que ahora sabe por su infinita curiosidad, por su osadía y por su deseo de probar los mismos manjares que su padre". Lanzó el humo hacia lo alto y su cuello se estiró como el de un pájaro extravagante.

Permanecieron en silencio hasta que la mucama trajo el té. Entonces Leandro dijo: "Usted me atribuye intenciones que no tengo. Yo solamente quería conocerla". La condesa sonrió, incrédula. "¿Solamente?" "Solamente", dijo Leandro. La condesa dijo: "Comprenderá mi descreimiento, Leandro. Soy una mujer acostumbrada a que los hombres... Bueno, a que los hombres no deseen *solamente* conocerme. Y usted es un hombre". Lo miró con maravillosa seducción y añadió: "Eso es indudable". Leandro bajó los ojos y bebió un trago de su té. Preguntó: "¿Por qué se va?". Y fue una pregunta extraña. Una pregunta que sonó como un reproche. Como si hubiera dicho *por qué me abandona*. Irene Von Döry suspiró. "Tengo cosas que hacer en Europa. O me aburro, si prefiere. Un viaje es siempre el comienzo de algo. Una aventura. Un antídoto contra el tedio. ¿Qué futuro me espera en Buenos Aires?" "Están por ocurrir muchas cosas en Buenos Aires", dijo Leandro. "Veo que le interesa la política, joven Graeff." "Lo necesario." "No va a ocurrir nada nuevo en Buenos Aires. O, si lo prefiere, no para mí. Los que no tenemos nuestro futuro en la política, lo tenemos en las cuestiones del corazón. De las pasiones, joven Graeff." Se detuvo, exhaló otra vez el humo y otra vez se estiró su largo cuello. "Y es en ese terreno donde mi futuro, aquí, está trazado para siempre. Dígame, Leandro: ¿qué es lo *mejor* que me puede ocurrir si me quedo en Buenos Aires?". "Dígamelo usted." Ella se lo dijo. Ella dijo: "Dejar de ser la amante de Pedro Graeff y convertirme en la amante de su hijo". Hizo un silencio, sonrió como si disfrutara con cada una de sus palabras y añadió: "En *su* amante, Leandro".

Leandro le sostuvo la mirada. Dejó la taza de té sobre una pequeña mesa y dijo: "¿Tan terrible sería eso?". El rostro de Irene Von Döry se endureció. "Todo lo previsible es malo", dijo. "Además, a mí nadie me hereda como se hereda un campo, un par de vacas, una casa, o un cuadro." "Condesa Von Döry", dijo Leandro, entre solemne y emocionado. "Para mí, usted es un cuadro maravilloso." La mujer sonrió con tristeza. Y también con tristeza dijo: "Ya es tarde". Acompañó a Leandro hasta la puerta. Y ahí pronunció una frase enigmática. Dijo: "Sólo las piedras no vuelven a encontrarse". Los ojos de

Leandro brillaron brevemente, ya que intuyó que en esa frase latía una esperanza. Como sea, no dijo nada y fue ella quien habló. "Leandro, si regreso, usted lo va a saber antes que nadie. ¿Me entiende, no? Antes que nadie, digo." Hizo una pausa y luego agregó: "Antes que su padre". Lo besó levemente en los labios y cerró la puerta.

Dos días más tarde, Leandro abandonaba Buenos Aires, la ciudad de los sucesos inminentes. Volvió a apoyar su rostro en la ventanilla del tren. Volvió a pensar en Carlés. Los sucesos inminentes convocaban a la gloria y a la muerte. La revolución se haría para cumplir con los mandatos del Himno de la patria. Había que vivir con gloria. Y si no, había que morir con ella. *O juremos con gloria morir*, pensó una vez más. Pero ahora, alejándose de Buenos Aires, pensó en la primera parte del juramento. *Coronados de gloria vivamos*, pensó. ¿Era posible –para él y para los restantes hombres de la patria– vivir coronados de gloria? ¿Cómo se lograba eso? ¿Cómo era vivir de ese modo? ¿Cómo era vivir coronados por la gloria? ¿Cómo era para él, para el hijo de Pedro Graeff, vivir con gloria? ¿Y si no lo descubría? ¿Y si, aun descubriéndolo, no lograba hacerlo? ¿Debería entonces morir? ¿Morir con gloria? Sin embargo, ¿cómo habría de morir *gloriosamente* alguien que no había podido vivir así?

Buenos Aires, atrás, era una hoguera infinita.

3

Salían con las primeras luces del día. Abandonaban el Ford no bien se insinuaba el monte, agarraban las escopetas y empezaban a caminar. Los dos vestían igual: saco a la cazadora, breeches y botas de cuero, chaleco con cananas, morral. Las armas eran distintas. Leandro llevaba una escopeta eficaz, pero Graeff un drilling Merkel 16 - 9,3x72. Un exceso. Sólo habrían de cazar liebres, perdices, martinetas, coloradas o, a lo sumo, algún jabalí en ese monte pampeano. Sin embargo, Graeff –secretamente– esperaba otra cosa. Esperaba al ciervo dorado, y por esa causa llevaba una escopeta tan especial; una mezcla de escopeta y de rifle. Porque *exactamente* eso era el drilling Merkel: un arma con dos caños yuxtapuestos y con un tercero, superior, que era un potente caño de rifle, adecuado para caza de mayor envergadura. Graeff lo presentía enorme al ciervo. Digno, sin duda, del caño de rifle (9,3x72) que le tenía destinado.

Por sus distintas edades –por ser uno mayor que el otro, por ser uno el padre y otro el hijo–, la leyenda del ciervo le había llegado a Graeff con más frescura, con más cercanía que a Leandro. Para éste, esa historia del soldado desertor, de los indios de Arbolito, de la decapitación del coronel Rauch y del fabuloso ciervo dorado, era mera charla de viejos, fabulaciones que sólo servían para ilustrar el nombre extravagante del pueblo. Para Graeff, no.

Cada vez que se metía en el monte intuía la aparición del ciervo. No hubiera podido explicar sensatamente por qué y no necesitaba hacerlo, ya que nadie se lo preguntaba y Leandro, su compañero de caza, menos que todos. Pero si alguien lo hiciera, Graeff no podría explicar algo que, él lo sabía, no era sensato. ¿El ciervo era el mismo que había visto el soldado desertor? ¿El mismo ciervo dorado que el soldado desertor viera en

1829, un siglo atrás? Era insensato creer algo así. ¿El ciervo había tenido crías? ¿Era *otro* ciervo el que él buscaba? ¿O era el mismo? Era el mismo, se decía Graeff. Porque el ciervo dorado era inmortal, era expresión de lo divino, de lo eterno, de lo absoluto. Y habría de transferir esas cualidades a quien tuviera la gloria de cazarlo. Pues en esto se había transformado la leyenda: *quien cazara al ciervo sería inmortal.* Eso prometía, y de eso hablaban los viejos gauchos de las estancias o los venerables borrachos de los almacenes. Y aunque no era gaucho ni borracho, Graeff les creía. Creía que en las entrañas del monte –insensatamente– aguardaba la vida eterna.

Leandro estaba muy lejos de estas desmesuras. Acaso le incomodara que su padre tuviera un rifle tan poderoso y él no. Acaso, alguna vez, pensara comprarse uno nuevo, tan magnífico como el de Graeff. Pero temía ofender a su padre, quien, lo sabía, consideraba natural –y, por consiguiente, justa– esa diferencia.

Tal vez lo fuera, ¿cómo habrían de llevar las mismas armas dos hombres que buscaban cosas tan distintas? ¿Cómo habría Leandro de cargar un drilling Merkel si sólo deseaba cazar algunas liebres, algunas perdices o martinetas, en tanto su padre, con paciente pero obstinada insensatez, deseaba lo absoluto?

4

Pedro Graeff aceptó sin entusiasmo la demora de la boda. Para él, Leandro y Laura hubieran debido casarse de inmediato, pues cuanto antes lo hicieran antes llegaría el nieto. A nadie dijo algo así: no hubiera sido elegante y eran razonables los motivos de los padres de Laura. Todo noviazgo requería su tiempo. Toda boda presurosa despertaba maledicencias. Quien no dejó de percibir el disgusto secreto de Graeff fue su hijo. Fue Leandro, que era permeable –dolorosamente permeable– a los deseos de su padre, aun cuando tuviera la certeza de cumplirlos sin tropiezos, no bien se dieran las circunstancias.

La primera circunstancia se dio el 30 de agosto de 1930, día en que Leandro Graeff y Laura Espinosa se casaron, condición absoluta para que el hijo de Pedro Graeff le entregara, cuanto antes, a su padre lo que su padre –dos años atrás, en el ámbito secreto del Club Alemán, al calor de la *Gemütlichkeit*– le pidiera.

No fue esa boda una exaltación del derroche. La familia de Laura era también de excelente condición, y las dos fortunas hubieran posibilitado todo desborde, los excesos habituales de las bodas y los excesos del dinero abundante. Pero no. Fue Graeff quien –pactando con los familiares de Laura– impuso una sobriedad no ascética, aunque insoslayable. Algunos, muy furtivamente, hablaron de la escasa generosidad de los padres, del estrecho deseo de proclamar esa boda con la estridencia que merecía y todos esperaban. *Sólo Leandro entendió.* La fiesta que Pedro Graeff esperaba era otra. Las estridencias, los desbordes, los jubilosos festejos sólo habrían de llegar cuando él le anunciara que había preñado a su mujer. Que sería padre y le entregaría –restañando toda herida– el nieto que anhelaba.

El casamiento, que fue hondamente religioso como correspondía a familias tan católicas como los Graeff y los

Espinosa, fue oficiado por el padre Bartolomé Ocampo, que bendijo a la pareja y le deseó todo tipo de venturas, deseo que proviniendo de él, un cura tan amado por todos, se descontó habría de realizarse.

Durante la boda, Pedro Graeff habló largamente con Santiago Sanmartino. Fue su modo de exhibir su lejanía y fue, también, seguir con un propósito que no sólo saciaba su orgullo (Ciervo Dorado *debía* tener un buen cine), sino sus deseos de gozar de ese arte nuevo, lleno de luces y de rostros y de historias y de magia. Sanmartino llevaba dos años proyectando películas en el garaje de su casa. Solía viajar a Buenos Aires para conseguirlas. Graeff, en una que otra ocasión, supo ir a ese garaje y ver cintas de Chaplin, del Gordo y el Flaco, de Pola Negri y unos episodios extravagantes protagonizados por una joven a la que nada restaba por sucederle y se llamaba Paulina, y su vida era pasar, sin respiro, de un peligro a otro, razón por la cual todos esos dislates se llamaban *Los peligros de Paulina.* No obstante, según ha sido dicho, el film que trastornó a Graeff fue el que viera en Coronel Andrade, que Sanmartino habría de ponderar hasta más allá de todo límite, refiriéndole que el actor que hacía el fantasma se llamaba Lon Chaney y le decían, con justicia, el hombre de las mil caras. "Curioso nombre para alguien que no tiene cara", dijo Graeff y desconcertó a Sanmartino, quien, luego de pensarlo un rato, atinó a decirle que Chaney, era cierto, no tenía cara en *El fantasma de la Ópera,* pero esa ausencia de cara, amigo Graeff, es una de sus mil caras, sin duda la más horrible, pero el hombre hizo otras películas y en cada una de ellas tiene una cara distinta, porque hizo *Londres a medianoche* y otra, muy extraña, créame, que se llama *El hombre sin brazos* y pasa toda en un circo. Graeff dijo que odiaba los circos, que lo entristecían, de modo que trajera la del fantasma y abrieran con ella el cine de Ciervo Dorado, que habría de llamarse como se llama el pueblo, porque me parece bien que así sea, propuesta que, cautelosamente –pues necesitaba el dinero de Graeff para cumplir un sueño que era en él más imperioso que en todos, harto ya de las tristezas y las horribles proyecciones de su magro garaje–, Sanmartino rechazó y dijo cada pueblo que abre un cine le pone el nombre del pueblo, salvo los de Coronel Andrade que le pusieron *Roma*, pero eso fue, usted lo sabe tan bien como yo, don Graeff, porque en Coronel Andrade son todos italianos y los italianos siempre pensamos en nuestros ancestros y en Rómulo y Remo y en la bella Roma, y Graeff no dijo *gringos de mierda* porque no estaba irritado y, sobre todo, porque no quería ofender a Sanmartino, que había venido de Italia veinte años atrás, pero dijo dígame usted, amigo Sanmartino, qué nombre sugiere, y Sanmartino, sin hesitar, como si lo hubiera pensado desde su niñez, dijo: "Tenemos que ponerle *Grand Palace*, don Graeff. Porque *Palace* es una palabra lujosa y todo lo que es lujoso es grande, y a lo grande, para que sea también fino, hay que nombrarlo en francés". Y dos meses más tarde, Sanmartino –que juntó todos sus ahorros y consiguió asociarse con Graeff en ese emprendimiento que justificaría su paso por este mundo– inauguraba el cine *Grand Palace*, el cine de Ciervo Dorado, proyectando *El fantasma de la Ópera*, con Lon Chaney, el hombre de las mil caras. Nadie que fuera al estreno logró dormir sosegadamente y la noche de Ciervo Dorado se cubrió de sofocaciones, de gritos súbitos, nuevos, tan nuevos como era nuevo el cine *Grand Palace*. De Sanmartino y Graeff S.R.L.

Leandro y Laura Graeff, en viaje de bodas, llegaron a Buenos Aires el 2 de septiembre y se alojaron en el Hotel City. Sólo restaban cuatro días para la revolución, para la caída de Yrigoyen, para que los hombres fuertes de la patria conquistaran el poder.

5

Esa noche, ahí, en el Hotel City, ella lo sorprendió con su iniciativa, con sus meneos, con un empuje insolente que la llevaba a buscar el placer y no solamente esperarlo. Al principio, Leandro, confundido, no supo si eso le gustaba, o si era lo que debía ser, si *esa* era la conducta adecuada de una novia, de una mujer joven y virgen en su noche de bodas. Sospechó, brevemente sospechó. ¿De dónde había aprendido esos juegos, esos trucos la inocente Laura? ¿De dónde había aprendido cómo encender a un hombre, cómo buscarlo, cómo *usarle* el cuerpo para su propio placer? ¿Cómo se atrevía a manifestar tan abiertamente su deseo, su fuego? Pero las sospechas fueron fugaces, ya que el ardor las arrasó. Ella le clavaba las uñas en la espalda, recibía sus besos con una boca abierta y dadivosa y con una lengua inquieta, que avanzaba y retrocedía, que se escondía recóndita, inhallable, o lo buscaba por recovecos inesperados, por el paladar o sobándose en sus dientes como si ansiara calmar alguna picazón incesante. Antes de penetrarla, le dijo: "Quedate quieta". Como a una potranca en celo se lo dijo. Le dio una orden pero en verdad buscaba asegurarse, lograr la quietud, la breve tregua que le permitiera cumplir prolijamente con su cometido de hombre. No podría penetrarla si ella seguía buscándolo en vez de dejarse hallar. Entonces Laura se aquietó y abrió sus piernas y no sólo su sexo estaba húmedo, sino sus muslos que brillaban aun en medio de las penumbras de la habitación. Y Leandro supo que estaba así por él, que era su cuerpo de hombre el que la había encendido, que eran su piel, sus pelos, sus olores, que era él, solo y totalmente él quien la hacía jadear, buscar, abrir la boca e indagar con su lengua, sacar sus uñas, clavarlas, arañar, todo eso era él quien lo provocaba, ocurría por y para él, ocurría por primera vez y por eso era incontenible, superaba todo pudor, todo consejo, todo estúpido recato de pueblo chico, para precipitarse en una jubilosa desvergüenza que los envolvía a los dos, sobre todo ahora, cuando él la penetraba y así, juntos, inalienables uno del otro, sentían que ese momento era eterno, porque viviría en ellos mientras ellos vivieran, siempre.

6

Esa noche, en su casa de Ciervo Dorado, en la nueva casa que ya había logrado comprar gracias a su trabajo en el Gran Almacén, Mario Bonomi, transpirado, se levantó de la cama y fue hasta la cocina. Antes de abandonar la habitación, echó una mirada a Leonor, que dormía. El tercer embarazo la había engordado más que los anteriores. Se le notaba en los brazos rollizos, robustos como los de una campesina laboriosa. No era eso. Era sólo una mujer que estaba en la vida para tener hijos. Tampoco parecía desear otra cosa.

Se sirvió una cerveza, buscó una guitarra que solía rasgar en momentos de soledad o aburrimiento y salió al patio. La luna estaba semioculta por unas nubes oscuras y cargadas, húmedas. Llovería mañana.

Se sentó junto a una mesa pequeña, puso ahí el vaso de cerveza, bebió un poco, volvió a dejarlo y tocó un par de notas que ni siquiera llegaron a dibujar una melodía. No podía dormir. No dormiría en toda la noche y llegaría cansado al Gran Almacén, precisamente mañana, con Leandro en Buenos Aires y con el doble de trabajo por hacer.

Tenía suerte Leandro. Era el hijo de Pedro Graeff y el marido de Laura. Y ahora estaría con ella en Buenos Aires, en el City, en su noche de bodas, disfrutándola. No se podía pedir más. No había más.

Siguió bebiendo.

Pese al calor, pese a la humedad, no había mosquitos.

Qué suerte, pensó.

7

Se buscaron dos veces más y luego permanecieron boca arriba, mirando el techo, absortos. Habían descubierto algo que aún no sabían qué era, ni se atrevían a preguntárselo. Laura, fugazmente, intuyó que su ardor pudo herir a Leandro, o llevarlo a pensar turbiedades de ella, sobre todo ahora, cuando todo había pasado, cuando el cuerpo estaba quedo y la cabeza retornaba con sus insidias. Él jamás sabría que ella se había propuesto ser Pola Negri. Ante todo, porque ignoraba quién era o qué representaba esa mujer. De modo que toda explicación habría de ser inútil, acaso insensata. Sólo podría decirle que no había querido ser una chica de pueblo, que él le gustaba y no tenía por qué ocultárselo. ¿Lo entendería?

Sucedía, también, otra cosa. No se habían dicho nada. Al descubrirlo sintió miedo, se desconoció. Era imposible imaginar a Pola Negri con sus amantes y no imaginarla diciéndoles palabras de amor. Te amo. Te quiero. Mi vida. Mi amor. Ni una sola vez, él o ella, se habían dicho *te quiero*. Simple, elementalmente: *te quiero*. Él, las tres veces que la penetrara, había dicho lo mismo: "Quedate quieta". Eran las únicas palabras que había pronunciado en casi tres horas de amor. *Quedate quieta*. El resto habían sido jadeos, rugidos sordos, exclamaciones sofocadas.

Laura se hizo un hueco en su hombro. Él la abrazo. Ella dijo: "¿Me querés?". Él dijo: "Claro". Ella sonrió, lo besó en el cuello y hasta le mordisqueó una oreja con un gruñido felino y contrariado, como si lo reprendiera. Y dijo: "No me lo dijiste ni una sola vez". Entonces Leandro rió abruptamente. Con una alegría brutal y destellante. "¡Será porque no tuve tiempo!", exclamó. Y siguió riéndose. Casi hasta quedarse dormido.

Antes de dormirse, pensó: "Si de esto no viene un hijo, no viene más".

Sólo la ignorancia de la verdad que latía en esa frase le permitió entregarse al sueño, así, con Laura entre sus brazos, mansos y serenos por fin los dos.

8

La revolución fue un paseo festivo. Hubo algunos tiros por la zona del Congreso, pero luego nada, sólo la marcha triunfal de los sublevados, a quienes una multitud agradecida acompañó desde el Congreso hasta la Casa de Gobierno. El jefe era el general Uriburu, el gran protagonista, el héroe a quien seguían los cadetes del Colegio Militar y gran cantidad de civiles, todos hombres de las clases altas, muchos de ellos armados con rifles o pistolas. Era una revolución elegante. Se gritaban mueras contra la chusma yrigoyenista, contra el Peludo, contra la demagogia y hasta contra la democracia y los partidos políticos. Leandro y Laura miraron todo desde las bulliciosas veredas de la Avenida de Mayo. Uriburu vestía su traje de militar, tenía anteojos y un bigotazo semejante al de Carlés. Leandro no le descubrió verruga alguna, aunque pudo imaginarla, quizá cubierta por la gorra, como un signo secreto y tenebroso de los revolucionarios de esa hora. Se reprochó imaginar tonterías en vez de entregarse al regocijo de todos. No podía ser malo algo que alborozaba tanto al pueblo. Debía de estar equivocado su padre.

Ese general, Uriburu, ahora agitaba con parquedad su brazo derecho y sonreía, aceptando el calor, el respaldo apasionado de los otros. Los cadetes eran jóvenes, caminaban como si se devoraran el futuro, como si ellos lo encarnaran. Eran la patria nueva, la patria joven, la patria fuerte. Alguien le gritó: "¡Leandro!". Giró veloz y encontró al teniente Enrique Müller, que sonreía, que llevaba una pistola Luger en el cinturón, que le tendió los brazos. Se abrazaron y Leandro le presentó a su esposa, a quien Müller besó apenas, con exquisita levedad, en su mano derecha. "Me alegra verlos aquí", dijo. Leandro le dijo que estaban en viaje de bodas, que residían en el Hotel City y que por nada del mundo se hubieran perdido un espectáculo como ese. Müller respiraba con cierta agitación, una agitación que provenía de su gozo incontenible, de su orgullo. Le brillaban los ojos. Dijo: "No fue más que un paseo. ¿Lo vieron al general?". Leandro y Laura dijeron que sí, que lo habían visto pasar en ese lujoso coche oscuro, rodeado de sus seguidores, rumbo a la Casa Rosada, triunfal. "Fue fácil", dijo Müller. "En una revolución, la decisión es todo. Bastó con los cadetes del Colegio Militar. Lo creas o no, Leandro, ninguna guarnición se nos plegó. El poder de fuego del Peludo es infinitamente superior al nuestro." Leandro preguntó cómo entonces había sido posible el triunfo. "No alcanza con el poder de fuego", dijo Müller. "Sin la decisión de usarlas, las armas no sirven para nada. Los ejércitos sólo sirven si sirve la conducción. Si hay un jefe. Ellos no lo tienen, nosotros sí. ¿Qué soldado se animaría a disparar un tiro contra el general Uriburu y los cadetes del Colegio Militar? Además..." Se detuvo y lo que luego dijo lo dijo rencorosamente: "Ellos no entienden la patria. Menos aún la merecen. Son basura y lo saben. Se acabaron los viejos políticos, la vieja oligarquía y el viejo ejército. Hoy, murieron para siempre". Ajustó la Luger en su cinturón, hizo chocar sus tacones, inclinándose dijo "señora" y besó otra vez la mano de Laura, tan leve y exquisitamente como lo hiciera antes. "Los felicito", dijo. "Debe ser maravilloso casarse en un momento como éste. Van a ser muy dichosos." Hizo un amplio gesto, un gesto que abarcó a la multitud, a todos los que dirigían sus pasos triunfales hacia la Casa de Gobierno. Enfático, exagerado *(un revolucionario siempre exagera, Leandro)* dijo: "La patria los bendice". Y se fue rumbo a la Rosada, en busca del jefe.

Uriburu asumió dos días después y también nombró a los ministros de su gabinete. Leandro leyó los nombres en un ejemplar de *La Nación* y, además de sonoros, esos nombres le parecieron asiduos, conocidos desde su infancia o aun desde los libros escolares. A la noche recibió un llamado de Enrique Müller. El día 10 habría una función de gala en el Colón, probablemente asistiera Uriburu, él iría al palco de su familia pero sólo con su madre porque su padre estaba en cama con un catarro de mil demonios, ¿no querrían unírsele? Leandro dijo que sí, que desde luego, y en tanto lo decía ya imaginaba la felicidad de Laura, que deseaba conocer el Colón más que ninguna otra cosa en el mundo.

Enrique Müller los pasó a buscar con un Mercedes Benz negro y destellante conducido por un chofer con uniforme de botones plateados. Adentro iba Clara Müller, su madre. Una mujer rolliza, muy blanca y rosada, con aros, anillos y diademas que brillaban con agresiva desmesura. Alabó la belleza de Laura. Llegaron al Colón y fueron conducidos al palco familiar. Durante el viaje,

Müller divagó, entre corrosivo y desdeñoso, sobre cierta costumbre de la vieja, rancia oligarquía de decir "ir a Colón" en vez de decir, como todo argentino bien nacido, "ir al Colón". Dijo que era otra de las tilinguerías de esa clase decadente, destinada a morir por el empuje de las nuevas ideas, de los nuevos jefes y sus espadas redentoras.

Laura se sintió una reina en el palco de los Müller. Le gustó ese teatro majestuoso tanto como lo presentía, pero más le gustó verlo desde ahí, junto a Clara Müller, junto al joven militar revolucionario, desde el punto de vista del privilegio. La función se demoró en espera del general Uriburu. Fue una espera larga, pues no fue fácil averiguar qué ocurría. Ocurría algo muy simple: Uriburu, requerido por infinitas cuestiones de Estado, no habría de ir. Comenzó entonces la representación de la ópera *Tosca*, de Puccini. Müller susurró al oído de Leandro: "También hay que terminar con esto. Basta del tachín-tachín de los tanos. La grandeza de este teatro reclama la grandeza de la música de Wagner".

Luego del primer acto, Müller invitó a Leandro a fumar un cigarro. Y ahí, en medio de los opulentos pasillos del Colón, le deslizó algunas aciagas conjeturas. Uriburu no había empezado bien, dijo. "Nos sorprendió a todos. El gabinete es basura del pasado. Supongo que será una medida momentánea. Supongo, Leandro. O quiero creerlo así. ¿Leíste los nombres de los ministros?" Sí, dijo Leandro, hoy, en *La Nación*, ninguno me pareció extraño o nuevo. "Son el *ancien régime*", dijo Müller. "Sánchez Sorondo, Pérez Padilla, Béccar Varela, Bosch, Octavio Pico. La oligarquía que hasta los yrigoyenistas derrotaron. Son banqueros, terratenientes o empresarios de los consorcios extranjeros. Ahora la lucha es contra ellos. Si se apoderan de la revolución, todo habrá sido inútil. No hay que dejarlos volver." Lanzó una bocanada de humo denso, rumboso. Y otra vez dijo: "Son el *ancien régime*". Expresión que agradó a Leandro, que le pareció –pese a intuir el sentido diabólico que tenía para Müller– tan elegante como fumar cigarros en los pasillos del Colón.

Leandro y Laura Graeff permanecieron aún dos largas semanas en Buenos Aires. Vivieron días de fervor patriótico y noches de pasión amorosa; vivieron un tiempo que sería inolvidable. La patria –pese a los malos presentimientos de Enrique Müller– era un horizonte infinito y fatalmente venturoso. Si no la felicidad, ¿qué otra cosa podría germinar de todo eso?

El 23 de setiembre de 1930, a sólo dos días de iniciarse la primavera, regresaron a Ciervo Dorado. Tanta había sido la dicha de Leandro, que olvidó o decidió olvidar acercarse a la calle Florida, a ese cuarto piso en que conociera a la condesa Irene Von Döry, para averiguar si ella, tal como se lo dijera, había partido hacia Europa o aún estaba allí, acaso esperándolo.

Capítulo quinto

1

Empezaba 1931 cuando Leandro advirtió el desapego de su padre. Parecía que su paciencia, su ánimo para esperar o el plazo que secretamente le había concedido para recibir la noticia anhelada se habían agotado. Era excesivo que fuera así. Entre cuatro y cinco meses llevaba el matrimonio de Leandro y Laura. ¿Tanto apuro tenía Graeff? Todo indicaba que sí, que no podía esperar, que necesitaba de su hijo la satisfacción de lo que le pidiera y que la ausencia de ella lo llevaba a un desasosiego que suponía el alejamiento, la frialdad en el trato cotidiano, a veces la indiferencia. De este modo, a partir de 1931 se iniciaron para Leandro los días de la desdicha.

Que Graeff se distanciara de Leandro implicó más que esto. Porque no sólo eso ocurrió, sino algo más impensado. Graeff se acercó a Mario Bonomi, que había sido padre de un tercer hijo, de un niño al que llamó Pedro, en honor a Graeff, como si le dijera que ese hijo llegaba al mundo para él, para agradecerle el trabajo, el amparo que le daba, su protección.

Así las cosas, sucedió algo imprevisible, pero que estaba dentro de la lógica que los acontecimientos venían trazando. Graeff, como si supiera que Leandro lo haría esperar demasiado, se apropió del hijo de Mario. Lo hizo suyo. Lo hizo su nieto. Los motivos eran muchos; tantos, que acaso la situación tuviera una –pavorosa, desde el punto de vista de Leandro– total transparencia. El hijo de Mario había sido un varón, y todo hombre (especialmente un alemán, alguien que sabe que sus mayores no hablan de la madre patria, sino de *Vaterland, la tierra del padre*) busca en un varón la prolongación de su virilidad. Graeff la encontró en Pedro Bonomi, el hijo de Mario y Leonor, que llegaba para saciar su espera, para calmarlo, para llevarlo a decirse, en momentos de soledad, de introspección –a los que Graeff se entregaba cada vez más–, que si el hijo de Leandro venía, bien; y si no, allá él, ese hijo ingrato que no obedecía a su padre.

María Graeff, en cuyo beneficio debía llegar el hijo de Leandro, puesto que –según Graeff– le devolvería la alegría, los deseos de vivir, jamás apremió a su hijo, menos a su nuera. Tampoco buscó consuelo en el hijo de Mario y Leonor. Siguió como siempre, idéntica a sí misma, tocando el piano, escuchando la radio, cocinando, rara vez mirando el atardecer o las primeras luces del día. Lo exterior le era indiferente. Si llovía, si hacía frío o calor era lo mismo para ella. Incluso su ropa variaba ligeramente de una estación a otra.

Leía, de vez en cuando. No sólo revistas, sino también algunos libros. Había leído *Los miserables* de Víctor Hugo y *Los tres mosqueteros* de Dumas en ediciones Tor, unos libros de lomo amarillo que siempre tenían el mismo caudal de páginas. Cierta vez, a mediados de 1931, cuando Laura Graeff la visitara para decirle, íntimamente, que se preparaba a viajar a Buenos Aires con su madre y someterse a una serie de análisis que develarían o no su infertilidad, lejos de preguntarle por qué no esperaba un poco más, o decirle que ella también la acompañaría, o desearle suerte, se limitó a pedirle un libro, que le prestara uno, dijo, ya que de los que tenía en la casa ninguno le interesaba y sé que vos estás al tanto de lo que la gente lee en Buenos Aires. Laura, antes de partir, le entregó *El ángel de la sombra*. Y le dijo que era una gran novela del poeta de la patria.

2

Tomaron el tren de la mañana, el que pasaba por Ciervo Dorado a las 7.30. La madre de Laura, Amanda Espinosa, era joven y tenía la belleza que su hija impecablemente había heredado. No aprobaba ese viaje, pero el empeño de Laura había sido grande y no pudo sino satisfacerla. Admitía las convenciones de la época, admitía que si un matrimonio no traía hijos al mundo era la mujer quien recibía las sospechas de todos. Pero no aceptaba que esas sospechas cayeran sobre Laura, que era hermosa y llena de energía, que estaba hecha por la vida y para la vida, que era abundante, buena, fértil como la tierra. Se detuvo en esta metáfora cuando logró atraparla: *fértil como la tierra*. Le pareció espléndida, fuerte, decía exactamente lo que había que decir sobre Laura en ese momento, en esa incómoda situación en que la vida la había puesto. Fértil como la tierra, pensó cálidamente. La madre de Laura también leía *novelines*.

No se instalaron en el Hotel City sino en otro, también lujoso y caro. Laura eligió no ser vista con su madre en el hotel en que pasara su luna de miel. Extrañamente sintió que ahí, en el City, la aguardaban ya con un hijo, o esperándolo, con un embarazo de cinco o seis meses y con su marido junto a ella. ¿Qué pensarían al verla llegar con su madre? ¿Qué sospecharían? ¿Qué sino la verdad?

Al día siguiente fueron a ver al doctor Antonio Aprile, que las esperaba, que era amigo de la familia Espinosa, pues había ejercido su profesión en Ciervo Dorado cuando era muy joven. Residieron una semana en Buenos Aires. Laura hizo todos los análisis que Aprile, cauteloso pero implacable –quería estar seguro de llegar a una conclusión definitiva–, le ordenó hacer. Volvieron a verlo un día martes, tarde, casi de noche, ya que Aprile les dio un turno especial para hablar serenamente con ellas.

Se sentaron frente a un escritorio amplio sobre el que descansaba un montículo de papeles, que, adivinó Laura, serían los informes que habrían de develar algo fundamental de su vida: si podía o no ser madre. El doctor Aprile se quitó sus lentes, parpadeó y sonrió como sonríen los felices portadores de las buenas noticias. Miró a Laura y dijo: "Querida mía, no hay nada que le impida a usted ser madre". Hizo una pausa y añadió: "Usted es fértil". Hizo otra pausa, una pausa larga acaso destinada a darle a Laura el tiempo suficiente para recibir esa noticia que, no lo dudaba, era para ella una bendición, y luego, cuidadosamente, entregándole sus palabras como un regalo a su felicidad, a su dicha profunda, dijo con lentitud, silabeando, con transparencia: "Fértil como la tierra". Era la frase que la madre de Laura, al verlo esa tarde en secreto, al enterarse antes que su hija de los resultados, le pidiera decir.

Regresaron a Ciervo Dorado. Y esa noche, Laura, mientras cenaba con Leandro en la sobria, perfecta casa que él había comprado para vivir los que creyó serían sus días de felicidad, le sirvió un vaso de vino, se sirvió otro para ella, bebió largamente, le buscó los ojos y dijo: "No soy yo". Eran sólo tres palabras, pero surgían de un tumulto interior y también surgían en un clima en que no era necesario decir mucho. En la conciencia atormentada de Leandro las tres palabras se ampliaron hasta agotar su sentido: "La estéril no soy yo. No es por culpa mía que no tenemos hijos. Que no podemos satisfacer lo que tu padre te pidió. Que vamos a seguir apartados, más y cada vez más, como malditos, del respeto y hasta del cariño o el amor de los otros". Laura se levantó de la mesa. Leandro había hundido sus ojos en el fondo del vaso, a través de ese vino espeso y dulce. Ella se acercó a la ventana y miró hacia afuera. Dijo: "Soy fértil, Leandro". Él bebió de un trago lento y doloroso su vaso de vino. Ella no se privó de decir: "Fértil como la tierra". Y decir esta frase le produjo una honda, secreta alegría. Sabía que todo era triste. Que estaba en medio de una tragedia. Sin embargo, sabía que por fin algo pasaba en su vida. Que su destino, ahora, tenía el espesor de los destinos azarosos, de esos destinos que tanto amaba, los destinos de las heroínas inalcanzables.

3

Cierto día, Laura visitó a María Graeff y tomaron el té en la sala. La mujer de Graeff tenía su ánimo de siempre, lejana, no muy dispuesta a la conversación. Laura habló con entusiasmo de varios temas. Estaba de buen humor, lo que en ella se traducía en abundancia de palabras. Le habló de su alumno Javier Montesino, que ahora estaba en tercer año del Comercial, donde sus padres, buscándole un futuro, lo habían metido, pero el muchacho siempre seguía inquieto por la historia y la veía a ella para pedirle algunos libros o para hablar de ciertos temas que lo asediaban, la Revolución de Mayo, por ejemplo, o San Martín o Rosas, que era, para él, un enigma indescifrable. "Para mí también", dijo Laura, sonriendo, llevando a sus labios la taza de té, atisbando, con cautela, a María Graeff, que la miraba como si la traspasara, como si viera a través de ella, tal su indiferencia. Se instaló entre las dos un silencio inevitable, ya que no existe conversación posible ahí donde sólo una persona habla.

No duró mucho. Inesperadamente, María Graeff dijo: "Leí la novela que me diste". Bebió un lento, corto sorbo de té y añadió: "Leopoldo Lugones". Claro, pensó Laura, qué estúpida fui, de eso quiere hablar, no hice más que perder el tiempo, ¿qué podrá importarle a ella la Revolución de Mayo o Rosas o Javier Montesino? "Es muy triste", dijo María Graeff. Laura asintió, y quedó en silencio, a la espera. Pero no hubo más palabras. Debería tironearla. Le importaba la opinión de esa mujer secreta. "Sí, es muy triste", dijo. "Un amor imposible, la muerte terrible de Luisa de Mauleon, la maldad del doctor Ignacio Sandoval. Todo es muy triste." María Graeff dijo: "El doctor Ignacio Sandoval no es malo". Laura la miró sorprendida. Dijo: "Para mí, es el Demonio o uno de sus representantes más malignos". María Graeff movió suavemente la cabeza, negando. "Ignacio Sandoval es quien más sufre en la historia", murmuró. Laura dejó la taza de té sobre la mesa; le sorprendía la afirmación de María Graeff, jamás había pensado algo así, ni estaba muy dispuesta a hacerlo, a cambiar su punto de vista sobre ese personaje tenebroso. "Se equivoca", dijo. "Ignacio Sandoval, con una maldad fría, calculada, cruel, lleva lentamente a Luisa de Mauleon a esa muerte horrible. Sabe que el mar la va a matar, él lo sabe, y la deja morir de a poco, casi disfruta viéndola morir". María Graeff negó otra vez con la cabeza. "No disfruta, sufre", dijo. "Es el Demonio", dijo Laura, sorprendiéndose de su pasión; ¿qué sentido tenía discutir así con María Graeff? Que dijo: "Es un pobre hombre enamorado. Mata por amor. Todo lo que se hace por amor es bueno y es puro". Y no dijo más. Laura bebió nuevamente su té. Otra vez el silencio entre las dos. Laura insistió: "¿Cómo sabe usted que él está enamorado de verdad? Solamente quiere poseerla, dominarla, impedirle ser feliz junto a su amante, junto al hombre que ella ama. No la ama, la odia. Porque le impide ser feliz". Laura respiró hondamente, buscando el aire. Definitiva, dijo: "Es el Demonio". Entonces María Graeff la miró a los ojos, por primera vez la miró a los ojos, con su mirada triste de todos los días, con unos ojos claros y dulces, con una certidumbre, también, que raramente la habitaba, y dijo: "El Demonio no sufre".

4

A fines de 1931, Mario Bonomi le dijo a Graeff, a él antes que a nadie, que Leonor estaba embarazada, que otro hijo venía. Y Graeff, luego, delante de mucha gente, en medio del Gran Almacén, con Luciano, con los clientes, con algunos proveedores, con Leandro, abrazó a Mario y dijo, como quien proclama una gran nueva dijo: "Este muchacho nos trae otro hijo al mundo". Y agregó: "Es un potro". Y Mario Bonomi sonrió ampliamente y todos lo felicitaron. Porque el propósito de Graeff era ese: que lo felicitaran, que le dieran el reconocimiento, la aceptación, el cariño que ese muchacho que tan azarosamente había llegado a su vida se merecía. Todos lo felicitaron. Y Leandro también. En medio del dolor, de una humillación que crecía con el transcurso para él infructuoso de los meses, lo felicitó.

Graeff compró una escopeta para Mario –una escopeta que era el regalo por la buena nueva– y lo invitó a sumarse a la cacería de los días domingo. La decisión sorprendió a Leandro. ¿Era para tanto? La cacería era un rito privado que él mantenía con su padre. Era algo que hacían sólo ellos dos por un motivo poderoso: porque Graeff era el padre y él era el hijo, porque la misma sangre los unía y nadie podía entremeterse, *terciar* en eso. Sin embargo, no. Ahora estaba Mario Bonomi. Ahora Mario era recibido en ese espacio que Graeff reservaba para su hijo. Y esa aceptación era un signo inequívoco. Mario ya no era un empleado del Gran Almacén. Ni siquiera un empleado querido, valorado, tratado como un hijo. *Era un hijo*. Porque era él quien le había dado a Graeff lo que Graeff ya no esperaba de Leandro.

Asimismo, Graeff solía visitar a Leonor y permanecía largamente en su casa, jugando con los niños. Dejó de abrir la cortina metálica del Gran Almacén, tarea que encargó a Leandro y a Mario. Fue –para Leandro– un signo de ablandamiento. Si bien no era un abuelo, ya se comportaba como si lo fuera. Dormía hasta más tarde. Compraba juguetes para los niños. Aparecía menos por el negocio. Se dedicaba escasamente a sus otras actividades. Lo peor –eso que, al menos, más hirió a Leandro, que más desbarató la imagen que tenía de su padre, la imagen de un hombre fuerte, no afecto a los sentimentalismos, menos aún a las cursilerías– fue cuando escuchó a Graeff pedirle a Mario que le diera una mujercita. Porque fue así como lo dijo: "Una mujercita". Como quien pide una muñeca. Como un viejo bobo que pide un juguete para animar sus días crepusculares. Curiosamente, se sintió culpable de este incómodo ablandamiento. Si él le diera a su padre un nieto todo sería distinto. Un hijo de su hijo haría de Pedro Graeff un hombre todavía más poderoso, le haría sentir la fuerza de su sangre, la prolongación de su linaje. Ser el abuelo de un hijo de otro lo debilitaba, era una secreta humillación, algo que hacía de él un abuelo mendicante, que dependía de otro, que había conquistado su descendencia con el poder de su dinero, no con el de su sangre. También *eso* le hacía a su padre al negarle un nieto. Lo condenaba a ser un viejo blando, un viejo capaz de la infinita bobería de pedirle a alguien que no era su hijo, a un extraño, una *mujercita*.

5

Una vez –era verano y el mediodía transcurría con lentitud y sofocación–, Leandro estaba en la oficina de Graeff y llegó el correo desde Buenos Aires. No venían solamente cartas. Venía un bulto grande, atado con un hilo grueso, envuelto con un papel amarronado y cubierto de estampillas. Leandro supo enseguida que eran libros para Laura, esos libros y revistas que encargaba de la ciudad. Recién podría entregárselos al atardecer –cuando regresara, ya que no iría a almorzar– y juzgó injusto privarla de algo que le alegraría las horas de la tarde, sobre todo ahora, en verano, cuando no daba clases y solía aburrirse en la soledad de la casa. Estaba atareado con unos libros de contabilidad (Leandro, con el paulatino alejamiento de Graeff, había empezado a ocuparse de algunas cuestiones contables), así que pidió a Mario Bonomi que se los llevara.

6

Ahora, sentados a la mesa del comedor, con el paquete de libros sobre una silla cercana, ellos se miraban y sabían que era la primera vez que estaban solos. Laura le ofreció un refresco y Mario dijo no, está bien, me voy en cinco minutos. Laura sonrió y Mario descubrió (o tal vez comprobó una vez más) que le gustaban sus dientes, que eran grandes y brillaban como salidos de una propaganda de Colgate. Ella le dijo no te vas a ir tan pronto, con este calor, descansá, trabajan demasiado ustedes. Y cuando dijo *ustedes* se sintió rara, porque decir *ustedes* era meter en eso (no sabía con claridad qué era *eso*, pero debía ser que estaba a solas con Mario por primera vez) a Leandro, el notorio ausente en esa reunión.

Mario aceptó un refresco. Ella trajo una jarra de granadina y sirvió para los dos. Se miraron. Ella dijo: "Qué raro. Es la primera vez que estamos solos vos y yo". Mario no supo qué responder. Hacía calor. Laura vestía una solera y la solera tenía un escote amplio y Mario ya había mirado ese escote, lo había mirado cuando ella se inclinara ligeramente para servirle la granadina, y había descubierto la turgencia del busto de Laura, que era firme, que tenía una línea de sudor que se perdía en la solera, en busca del corpiño, una línea que brillaba y era como si despidiera un calor que oprimía más que el sol de la siesta. A Mario le gustaba Laura Espinosa, siempre le había gustado, desde el día en que la conociera en la Farmacia Rosetti, en medio de aquella historia demencial, cuando verla era para él un sosiego imprevisto.

Laura no se arrepintió de haber dicho eso: "es la primera vez que estamos solos vos y yo". Era una osadía esa frase. Explicitaba una situación que en sí misma ya era incómoda, que convenía abordar lateralmente y no así, de ese modo tan directo, algo brutal, indigno de una señora joven como era ella, de la esposa del hijo del patrón. Se dijo: "No se le habla así a los empleados". Pero le era difícil ver en Mario a un subalterno. Graeff lo había hecho su predilecto. Y luego estaba lo otro: ese poder para engendrar hijos. De tenerlo Leandro, su suerte sería otra. Porque la esterilidad de Leandro esterilizaba a Laura: eran *ellos* quienes no tenían hijos. (No para Graeff, lo sabía. Para Graeff el culpable era Leandro, pero no todos pensaban así. Muchos, demasiados en el pueblo pensaban que, en estos casos, siempre es la mujer la culpable. Y esto era doloroso para Laura.) Entonces dijo: "Días pasados la vi a tu mujer. Otra vez está embarazada". Mario asintió y bebió su granadina con avidez. "¿Viste?", dijo ella. "Te morías de sed". Y continuó: "Debe ser lindo tener hijos. Y sobre todo como vos, tantos. Los hijos traen alegría a una casa". Se pasó una mano por el cuello y por el escote, como si se secara la transpiración. "En cambio, mirá esto. Mirá esta casa. Ni un ruido. Ni una risa. Te morís de soledad entre estas paredes." Mario dijo: "No va a durar. Ya vas a ver, ustedes van a tener hijos. Como tienen todos." Laura sonrió, descreída. "Se está haciendo difícil eso." "A veces es difícil." "Hablás como si supieras. Justamente vos, que la mirás a Leonor y le hacés un hijo." "Sé ponerme en el lugar de los otros. Ustedes están sufriendo, pero no va a durar. Lo que pasa…" Laura le clavó los ojos: "Lo que pasa es que pasan los meses y los años y sigo seca como una piedra". Mario negó suavemente: "No pasó tanto tiempo. Si no fuera por la impaciencia de don Graeff, todo sería más fácil. Pero él es así. No puede esperar". Laura rió dolorosamente: "¿Y yo sí?". Muy firme, Mario dijo: "Vos sí. Vos tenés que esperar. Tenés que darle tiempo a Leandro. Ya vas a ver. Todo va a salir bien". Terminó el vaso de granadina y dijo: "Bueno, Laura, me voy. Tengo mucho…" "Que hacer", completó Laura. Y añadió: "Yo, en cambio, no. Salvo dormir, ducharme, leer alguna de

las novelas que habrá en ese paquete". "No es poco",
dijo Mario. Inclinó su cabeza, saludando, y se fue.

7

Comenzaba el otoño de 1932 y era necesario –por
variadas y complejas cuestiones de negocios– viajar a
Buenos Aires. Era un viaje para Pedro Graeff. O, sin duda,
era un viaje del que no podía sino formar parte Pedro
Graeff. No fue así. Graeff le dijo a Leandro que perma-
necería en Ciervo Dorado pues la hija (Graeff hablaba,
sin más, de *la hija*) de Mario Bonomi se encontraba a
punto de nacer. Primero, Leandro se sintió halagado.
Su padre le confiaba un viaje tan engorroso, le confiaba
la resolución de tantos y tan arduos asuntos. Luego lo
abrumó esa humillación dolorosa que cada día conocía
mejor. Su padre no confiaba en él. No era por un acto
de confianza que eludía el viaje a Buenos Aires. Era sólo porque no quería irse de Ciervo Dorado. Era porque esperaba el nacimiento del hijo de Mario. Era
porque el maldito viejo bobo esperaba a su mujercita.
Con pavor, con inagotable sorpresa, Leandro descubrió
que estaba aprendiendo, lentamente, cada día un poco
más, a odiar a su padre.

Partió en el tren de las 7.30. Sabía que habría de encontrar cambios importantes en Buenos Aires. Que muchas esperanzas habían muerto; posiblemente, pensó,
las del teniente Enrique Müller. El gobierno del general
Uriburu había sido breve e infructuoso. No había conseguido concretar ninguno de los sueños de quienes lo

llevaran al poder. Sólo, acusaban muchos, se había entregado a perseguir opositores políticos y a torturarlos con saña cruel, tarea en la que se destacara el hijo del poeta de la patria, el hijo de Lugones, que, se decía, había inventado un artefacto demoníaco destinado a la tortura. Lo llamaban *picana eléctrica* y quienes habían sido sometidos a ella y vivieron para contarlo contaron que no podía existir peor infierno sobre la Tierra. Sumido en este deshonor, vilipendiado por las clases altas y temido por obreros y anarquistas, Uriburu había aceptado llamar a elecciones, que fueron ganadas por una conjunción de militares liberales y hombres de la oligarquía, esos que tanto disgustaban a Müller, esos que ese día, en el pasillo del Colón, le dijera que debían ser derrotados para que la revolución no muriera. No lo habían sido y la derrotada era la revolución, la que surgía de los poemas de Lugones y de la oratoria de Carlés. Enfermo, casi moribundo, Uriburu se había ido a París. Ahora gobernaba el general Agustín Justo y su vicepresidente tenía el ilustre nombre del conquistador del desierto, Julio A. Roca. No por casualidad, sino porque era, sin más, su hijo.

Escasamente había logrado Leandro interesarse en la política. Sin embargo, no ignoraba estas cosas. Las sabía por su padre. Porque Graeff no había perdido su pasión por los sucesos de la patria. A él nunca le gustó la revolución de Uriburu. Y tampoco le entusiasmaba su derrota. "Con Justo y con Roca", le había dicho a Leandro en algún momento lateral a la historia que se tejía entre los dos, en algún momento de sosiego, en un paréntesis, en algo que seguramente había sido un oasis para Leandro, "Con Justo y con Roca", le había dicho, "vuelven los de siempre. La oligarquía que el viejo Yrigoyen había derrotado. Uriburu creyó que iba a ser más fuerte que ellos". Con duro desdén, dijo: "Pobre milico imbécil. Quería hacer aquí lo que están haciendo en Italia y Alemania. Les hubiera regalado el país a los fascistas". Leandro lo miró con ansiedad. Sabía que su padre era sabio cuando hablaba de la patria. O así se había acostumbrado a aceptarlo. Estaban en el Gran Almacén, en la oficina de Graeff, mientras Graeff decía esas palabras, mientras hablaba sin piedad del general Uriburu y los suyos. "Creyeron que iban a quebrar el idilio entre nuestra oligarquía y Gran Bretaña. Imbéciles todos. Lugones también. Este país es de los ingleses y eso no lo cambia nadie." Respiró hondamente y lanzó un suspiro prolongado, como una brisa triste y agónica. Dijo: "El único que hubiera podido hacer algo distinto, el único que lo intentó fue Yrigoyen". Leandro lo miraba absorto. ¿Qué había intentado Yrigoyen? Se lo preguntó. "Hacer un país de verdad", dijo Graeff. "Un país soberano." Pensó un instante y agregó: "Con vida propia". Leandro no preguntó más. Y luego, en el tren, rumbo a Buenos Aires, lamentaría que ese hombre, su padre, ese hombre que decía esas cosas, que amaba a su país y lo quería fuerte, con vida propia, se transformara en un viejo que esperaba de otro, de un extraño, una *mujercita*. Creyendo, estúpidamente creyendo que esa vida venía para él, que sería suya, que sería propia.

Llegó a Buenos Aires y se hospedó, como siempre, en el Hotel City.

8

Esa noche cenó temprano y luego salió a caminar por esa ciudad que estaba muy lejos de sentir suya, pero que ahora, al menos, no lo atemorizaba. Alguna vez, pensó, usaría bastón como usaba su padre y se sentiría poseedor de cada baldosa que pisara. Alguna vez, se repitió. Tenía alta la estima esa noche. Había llevado a cabo un par de buenas transacciones y no podía sino conjeturar que un hombre capaz de cerrar negocios exitosos fatalmente habría de resolver el sencillo trámite de ser padre. Sus pasos –que no eran casuales, sino que respondían a un severo aunque inconfesado imperativo– lo llevaron a la calle Florida. La ciudad ya no era la ciudad de los acontecimientos inminentes. Todo parecía resuelto. Ya nadie parecía esperar nada, ninguna sorpresa, ningún estremecimiento. Esa tarde, mientras cerraba su negocio y miraba a la gente transitar con un rumbo certero y sereno a la vez, un importador de maquinarias agrícolas le había dicho: "Mire a nuestros conciudadanos. Véalos caminar, amigo Graeff. Caminan sobre el terreno sólido de un país seguro. Se acabaron las tormentas. Vienen años de paz, buenas cosechas y buenos negocios". El hombre sacó un cigarro, ofreció uno a Leandro y los ojos le brillaron como fuegos artificiales cuando dijo: "God Save the King". Y largó una carcajada jocunda.

Llegó adonde quería llegar. Sería difícil decir que esperaba encontrar lo que encontró, pero algo le había sugerido que tal vez sí, que tal vez hubiera luz en el cuarto piso, que tal vez ella hubiese regresado y él podría verla una vez más.

La luz era tenue, como si apenas un par de lámparas estuviesen encendidas. Pero esto no era lo que importaba. Era otra cosa: *había luz*. Ella estaba de regreso y él, mañana, habría de visitarla. Porque era cierto, ella lo había dicho y era cierto: sólo las piedras no vuelven a encontrarse.

9

Al día siguiente se levantó temprano y trabajó sin descanso hasta más allá del mediodía. La hora del almuerzo lo sorprendió deambulando por la calle Corrientes, buscando un buen restaurante, un lugar donde sentarse y ordenar un par de ideas que lo asediaban. Cuál sería la mejor hora para visitar a la condesa. Cuándo habría de telefonear al teniente Müller. Si convenía invitarlo a cenar al City o reunirse, como ya era casi costumbre, en el Club Alemán. En estas encrucijadas se hallaba cuando algo lo paralizó.

La película se llamaba *Frankenstein* y en ese cine ante el que ahora se había detenido devastado por la curiosidad habrían de estrenarla el jueves, es decir, dentro de dos días. Las leyendas que la anunciaban estaban escritas con letras coloradas y amarillas y entre signos de admiración. Decían: "¡Quiso crear un ser humano y engendró una criatura del infierno!". Decían: "¡Quiso crear vida de la muerte! ¡La historia del científico loco que quiso ser Dios!". Decían: "¡La locura, el terror, el crimen! ¿Quién detendrá la furia desatada del monstruo?" Leyó unos nombres extraños: Boris Karloff, Colin Clive, James

Whale. Se preguntó qué historia sería esa. Qué científico habría sido capaz de crear un engendro del infierno, y para qué. Qué quería decir eso tan raro, que un hombre quisiera ser Dios, qué era eso, se preguntó, cómo alguien podía pretender ser Dios, crear un ser humano, crear vida de la muerte. Lamentó que no estuviera con él Santiago Sanmartino, que tendría, sin duda, todas las respuestas porque nada de lo que concernía al cine le era ajeno. Seguramente ya habría contratado esa película para estrenarla en el *Grand Palace* de Ciervo Dorado, pero él, se dijo, no esperaría tanto. A primera hora del jueves estaría ahí, en ese cine de la calle Corrientes, que se llamaba *Astor,* se sentaría en alguna de las seis primeras filas, bien cerca de la pantalla, y enfrentaría al sabio loco y a su engendro del infierno.

10

Eran las seis de la tarde. Había almorzado con vino tinto, había dormido una larga siesta y había tenido dos o tres entrevistas de negocios cuando llegó a casa de la condesa. No estaba el portero. No lo lamentó, mejor así. Le hubiera incomodado encontrar a ese hombre insidioso y tener que responder sus preguntas arbitrarias, siempre entre la insolencia y la estupidez.

Apenas una vez tocó el timbre. Quería ser discreto. La luz tenue que la noche anterior viera en la ventana de la condesa le llevaba a pensar que ninguna estridencia era aconsejable. Esperó, largamente esperó y nada. Volvió a tocar el timbre. Tres veces ahora. Desde lejos, sordamente, con una voz que era más un quejido o un lamento que una respuesta, alguien dijo: "Un momento". Y luego: "Ya estoy ahí". Se abrió la puerta y quien la abrió fue la mucama de la condesa, que estaba envejecida y llevaba un delantal gris que parecía prolongarse en su rostro, que también era gris, igual que sus cabellos, sujetos por un rodete a la nuca. "La condesa está enferma", dijo con una voz monótona, con una voz que revelaba que venía diciendo lo mismo desde hacía semanas o meses, a quien fuera, a todos, como si no supiera decir otra cosa o tuviera orden de no decirla. Leandro dijo: "Dígale que soy Leandro Graeff y quiero verla". "La condesa está enferma", repitió la mujer, ahora sin mirarlo. Leandro la tomó por los hombros y la sacudió con rudeza. "Míreme cuando me habla", exclamó. La mujer pareció despertarse de algún sueño lejano, más cerca de la bobería que del misterio. Leandro insistió: "Vaya y dígale a la condesa que Leandro Graeff está aquí y quiere verla". La mujer desapareció y no demoró en regresar. "Sígame", dijo. Leandro la siguió.

La condesa Von Döry estaba en cama. Mantenía cerradas las persianas de la habitación, así que ninguna luz penetraba del exterior y sólo un velador cubierto con un largo pañuelo bordeaux evitaba el imperio definitivo de las penumbras. Tenía los labios muy pintados, también las pestañas, y tenía un polvo carmesí en las mejillas pálidas que le entregaba el aire de un clown desquiciado, irrefutablemente patético. Sonrió al ver a Leandro y con una voz ronca, deteriorada por males sin retorno, dijo: "Qué alegría verlo, Leandro". Leandro se sentó cerca de la cama y, con dolor y algo de ira, dijo:

"Regresó. Usted regresó y no cumplió su palabra. Prometió que yo sería el primero en saberlo". La condesa buscó un pañuelo bajo la colcha y se lo pasó por los ojos, parecía a punto de llorar. Dijo: "No regresé. Esta no soy yo. Esto que usted está viendo...". Lanzó un sollozo. "Maldita suerte", dijo con esa voz ronca que ahora sonó como un rugido. "Maldita suerte", repitió. Llevó sus manos al pecho y las apoyó casi con violencia, como si deseara golpearse, lastimarse de tanto que se odiaba, o de tanto que odiaba eso en que la adversidad la había convertido. "Esto que usted está viendo..." Respiró hondamente, se llenó de aire y exhaló la frase: "Es mi cadáver". Leandro inclinó la cabeza, respetuoso de tanto dolor, pero todavía no lograba sofocar su ira. ¿Por qué no lo había esperado, por qué se moría antes de que él hubiese podido amarla? "Me enfermé en París", dijo ella, y tal vez hablar de su enfermedad la aliviara. "Inesperadamente", añadió y luego hizo una mueca áspera, de una acritud dolorosa, mordaz. "Qué frase estúpida. Como si uno esperara enfermarse. Morirse nunca está en los cálculos de nadie. O nunca estuvo en los míos". Duramente, pues verla tan vencida lo irritaba, dijo Leandro: "¿Por qué está tan segura de morir? ¿Quién la convenció de eso?". "Los médicos", dijo ella. "Los médicos son unos canallas. No saben nada", dijo Leandro. Ella sonrió, siempre con gran tristeza y dijo: "Mi cuerpo entonces. Mi cuerpo me convenció". "¿De qué está enferma?" Se pasó el pañuelo por la frente, que brillaba y tenía arrugas que no solía tener. Dijo: "Siempre que alguien moría leía los diarios. A veces decían el mal. A veces no. Cuando no lo decían uno leía: 'Murió de una larga y cruel enfermedad'.

O 'murió de un mal incurable'. O también: 'Murió de un mal penoso y prolongado' De eso me estoy muriendo, Leandro". Lo miró muy fijamente y dijo con lentitud y dureza, acaso con odio y hasta con crueldad: "De cáncer". Leandro inclinó su cabeza, vencido por el espanto de esa palabra. Se recuperó y dijo: "¿Y por qué volvió? En París hubieran podido tratarla mejor". "Volví porque ya no tenía dinero. Sale muy caro morirse de esto. Volví hace unos meses. Aquí, al menos, hay un hombre bueno que me da cuanto necesito". Leandro lo supo enseguida. Y enseguida dijo: "Mi padre". "Su padre", confirmó la condesa. Leandro se puso de pie y dio algunos pasos inciertos por la habitación. No sabía qué hacer ni decir. Oyó entonces la voz de la condesa: "Ya no voy a poder ayudarlo, Leandro". Él giró y le clavó los ojos. Ella continuó: "Fueron los hombres lo que mejor llegué a conocer de este mundo. No es gran cosa, no es difícil. Porque son transparentes. Y usted más que muchos, Leandro. Tal vez más que todos. O, si me permite decirlo, tan transparente como aquellos que se me acercaron con su mismo propósito". Leandro volvió a sentarse, se bebía sus palabras, asistía a una revelación sobre sí mismo, algo que había logrado silenciar, no decirse. Ella siguió, con calma, con voz ya no áspera sino dulce, como si se apiadara de él. "Quería hacerme el amor, Leandro. No por mí. O acaso no solamente por mí. Por su padre. Quería hacerme el amor y quería que yo le dijera que era más hombre que él." Le tomó la mano, lo acarició y Leandro sintió que su mano era fría, que era la mano de alguien que inevitablemente está muriendo, que vive sus últimos días, incluso sus últimas horas. "Así que ya no voy a poder ayudarlo. Si quiere averiguar eso, va a tener que averiguarlo solo. O con otra mujer, o de otra manera." Ella tosió sordamente, tenía los labios secos y por ellos pasó su lengua casi blanca. "Por lo menos volví a encontrarla", dijo Leandro, buscando algún alivio entre tanto sufrimiento. "Cuando me despidió, esa noche que la vi, cuando pensaba hacerla mi amante, quitársela a mi padre, usted dijo: 'Sólo las piedras no vuelven a encontrarse'. Esa frase me alivió, me dio esperanzas. Usted tenía razón, no somos piedras. Aquí estamos. Nos volvimos a encontrar." Una lágrima delgada, lenta, que tomó la tonalidad bordeaux del pañuelo que cubría el velador, recorrió la mejilla de la condesa. Que dijo: "¿Usted cree que *esto* soy yo? ¿Cree que me encontró a mí? Soy una piedra. O ni siquiera eso. Soy menos. Hasta una piedra está más viva que yo". Él no supo qué decir. Pero ella sí, porque dijo: "Váyase. Usted necesitaba una mujer, una amante, no un cadáver. No puedo darle nada. No tiene nada que hacer aquí". Endureció su voz, que nuevamente sonó inclemente y cruel y dijo: "Váyase, Leandro. Por favor, ya mismo. Haga eso por mí".

Leandro se fue.

11

Se sofocó con el trabajo. Habló de una y mil cosas con sus proveedores o con sus clientes. Buscó entre miles de palabras olvidar a la condesa, olvidar su imagen sobre esa cama, olvidar su cuerpo magro, su rostro pálido y con ese maquillaje carmesí que la tornaba absurda, irreal, tan triste como eran tristes los circos, como son tristes los payasos. De cualquier forma, las palabras eran muchas pero nadie hablaba de nada. Era como si todo ya hubiese sucedido. Hasta no faltó otro imbécil que le dijera, muy sonriente, muy feliz, *God Save the King*. "Qué país de idiotas", pensó.

Hizo una cita con el teniente Müller. Se verían al día siguiente, a las siete de la tarde en el Club Alemán. Su voz no le sonó triste, ni apagada. Era extraño, se dijo. Pocos como el teniente Müller tenían razones para vivir entre brumas de desencanto. ¿O alegremente formaría parte del nuevo régimen?

Volvió a la calle Corrientes, se detuvo en la vereda de enfrente al cine *Astor* y miró el enorme cartel que ahora lucía en la marquesina. Vio al monstruo. Tenía una cabeza cuadrada, un gran costurón en la frente y dos clavos le salían del cuello, uno de cada lado. Tenía unos párpados pesados, caían sobre sus ojos hasta casi cubrirlos por completo y su boca se quebraba en un gesto indescifrable, algo más cerca de la tristeza que del pavor. Nunca había visto algo así. Ni siquiera el fantasma de la Ópera era tan horrible. Al cabo, el fantasma era una calavera, era un rostro quemado, ardido hasta los huesos. No tenía cara. Pero este monstruo sí. Tenía una cara deforme, que era verdosa, ahí, en la marquesina, y esos ojos soñolientos eran peores que cualquier mirada, porque no miraban, porque sólo el afán de matar los poseía. Sin embargo, ¿por qué parecía tan triste, tan melancólico, tan solitario?

¿O sólo él lo veía así?

12

Eran las siete de la tarde y en el Club Alemán sólo había un par de socios taciturnos, hoscos. Leían *La Nación* o el *Argentinische Tageblatt*. Encontró al teniente Müller junto a la gran estufa de leños, que ardía porque, como luego se lo dijo, él lo había ordenado, porque tenía frío, porque ése, dijo, era un helado día de otoño y no quería enfermarse. A Leandro le pareció exagerada la decisión, pero no la objetó. Fugazmente, el frío de Müller le evocó el frío del cuerpo moribundo de la condesa. Sin embargo, el teniente, lejos de estar agonizando, tenía el rostro encendido y bebía abundantemente whisky. Una botella de origen irlandés descansaba sobre una mesa pequeña, a su lado. Dijo: "Supongo que ya hará un par de días que andás por aquí". Leandro dijo que sí y el teniente preguntó: "¿No querés tomar algo? Este whisky es irlandés y no está mal, eh. Los irlandeses tienen coraje y dignidad para todo. También para hacer whisky". Leandro dijo que no, que no bebería nada por el momento. Eran las palabras del teniente las que estaba dispuesto a beberse, ya que ansiaba saber sus opiniones sobre cuanto venía pasando en el país. "¿Cómo encontraste a la gente de la ciudad, a nuestro querido pueblo?", dijo Müller. Todo está muy tranquilo, le dijo Leandro, todos están muy seguros, muy felices, hasta bendicen al rey de Inglaterra, te lo juro, dos o tres lo hicieron. "¿Por qué no? Responden al espíritu de los tiempos", dijo Müller. "Mirá, nuestro presidente..." Se detuvo, bebió un trago de su whisky. Dijo: "Sabrás que nuestro presidente... Bueno, el inefable general Justo. Le gusta que le saquen

fotos. ¿Una costumbre como cualquier otra, no? Pero a
él le gusta salir sonriendo en las fotos. No hay foto en la
que no sonría. ¿Sabés por qué sonríe?". Se lo quedó mirando muy fijamente y Leandro, incómodo, dijo que no,
que no sabía, y hasta hubiera podido decir que no sabía a
qué venía todo eso pero no lo dijo. "Sonríe", explicó Müller, "porque siempre que está frente a una cámara dice
cheese. ¿No es maravilloso? El hombre es un gordinflón
algo idiota que dice *cheese* para que le saquen fotos y salir
sonriendo, feliz. Feliz como la patria. Como la patria de
corderos que lidera. Él y su gabinete oligárquico. Mirá, te
voy a decir más". Otro trago y volvió a servirse en abundancia. Miró de súbito a Leandro y dijo: "No te asustes.
No estoy borracho ni pienso emborracharme. Me gustaría, de verdad, Leandro, que me acompañaras. Este diálogo que tenemos reclama algo de alcohol. Sobre todo irlandés. Gente de agallas". Pidió un vaso para Leandro y
pidió otra botella. Estaba algo irónico, acaso demasiado
brillante, pero no desbordado. "¿Te iba a decir algo más,
no? Sí, hablaba de nuestros gobernantes. Del general
Justo y su simpático *chesse*. Tan *british*, Leandro, tan podri-
damente *british*. Pero hay algo peor. O, digamos, algo más
perfecto. Que revela con mayor perfección el espíritu
de este gobierno. Nuestro vicepresidente, querido amigo.
Otro inefable. Julito Roca. Hace sus valijas el pequeño
canalla porque se dispone a viajar a la pérfida Albión.
¿La amada Albión para ellos, no? Porque la aman más
que a sus pelotas, Leandro. Incorrecto modo de decirlo. Me rectifico. Nadie puede amar a una cosa más que
a otra que no tiene. Pelotas, digo. No tienen pelotas,
querido amigo. Tienen billeteras. La aman, entonces, a

la pérfida Albión, más que a sus billeteras o, seamos impecablemente exactos, tanto como a sus billeteras. Julito Roca, te decía. El idiota está a punto de salir para Inglaterra. ¿Sabés qué anda diciendo por todas partes, sabés cuál es la frase que surge una y otra vez de su boca bovina? Escuchá, escuchá bien". Se inclinó hacia Leandro y moduló la frase con un falsete hiriente, con un tono que era ridículo y a la vez patético: "La Argentina", dijo, "debe ser la joya más preciada de la corona británica". Se dejó caer sobre el respaldo del sofá y miró a Leandro en busca del efecto de sus palabras. Leandro no sabía qué decir. Presumía, sagazmente presumía que ninguna actitud que tomara podría expresar la furia que Müller esperaba le produjeran esas palabras. Con cautela, con interés genuino, preguntó: "¿Por qué fracasó la revolución?". "Porque nunca fue una revolución", dijo Müller. "Porque a Uriburu le gustaban demasiado los vinos franceses. El *Château Lafite*, sobre todo. Y si no, el *Chateau Le Boscq* o el *Léoville Poyferre*. Uno puede entenderlo. Un buen vino es tan hermoso como una hermosa mujer. Pero la patria vale más que un buen vino. Y sobre todo si quienes acercan los buenos vinos son los eternos hacendados del poder agrario, defendidos por los sagaces intelectuales que visten la toga abogadil". La frase deslumbró a Leandro. Los años y las visitas a Buenos Aires y el trato con clientes y proveedores le habían entregado experiencia y lustre, pero el teniente Müller era para él, sencillamente, brillante. Le preguntó quiénes eran los sagaces intelectuales de la toga abogadil. Y Müller le dijo los abogados de los consorcios extranjeros, ésos son, querido Leandro, son los que conducen las tramas de este país, los que hablan y seducen, los que llenan las seseras huecas de nuestros gobernantes. Dejó caer lentamente la cabeza sobre el pecho, la mantuvo así y luego, con lentitud, la irguió y clavó en Leandro unos ojos brillosos de furia y de infinita tristeza. "Fracasamos", dijo. "Debimos haber sido más duros. Debimos haber matado otra gente, no sólo anarquistas y obreros. Debimos haber impuesto con las bayonetas una Constitución corporativa. En cambio, imbécilmente, entregamos el país a la paparrucha electoralista y ganaron ellos, los de siempre". Bebió otro trago de su whisky. Pero no ya como los anteriores. Fue un largo trago. Tan largo que necesariamente debía quemarlo y desquiciarlo. Leandro intuyó que no diría mucho más. Que había perdido las ganas, las fuerzas, los motivos. Lo vio entrecerrar los ojos, volver a abrirlos como si buscara imperiosamente alguna luz, pasarse la lengua por los labios, sonreír sin alegría ni dolor, tristemente, y lo escuchó decir esas palabras que –con sorpresa, sin esperarlo– habrían de clavarse en él. Porque Enrique Müller dijo: "Este país es estéril, Leandro. Si no se lo cogen los de afuera..." Se detuvo. Posiblemente le disgustara decir una frase tan vulgar, no era su estilo. Continuó: "Primero fueron los españoles, ahora los ingleses y ya van a ser, muy pronto, los yanquis. Estéril, Leandro. La patria fuerte que soñamos no existe. No existió nunca ni va a existir". Se irguió imponente, apoyó sus brazos en los del sillón y dijo la exacta frase que quería decir, una frase también imponente, con aire bíblico y que él dijo como un dios implacable: "Este país", dijo, "si no lo fornican los extraños, no tiene vida". Se dejó caer otra vez en el sillón y manoteó su whisky, torpemente ya. Leandro estaba helado. Pese al fuego de la chimenea, helado.

Fue la última vez que vio al teniente Müller. Unos meses más tarde, de modo casual, supo que había partido hacia Alemania. Con nuevas esperanzas, le dijeron.

13

Sin embargo, esa noche, mientras recorría las cuadras que separaban el Club Alemán del Hotel City, recordó las palabras firmes de su padre, que también tenía convicciones y sabía decirlas. Se reprochó no haberle dicho a Müller algunas de esas ideas. No todo era tan fácil, debió haberle dicho. "Ustedes, vos, Uriburu, Lugones, Carlés, ustedes también querían entregar la patria a los extranjeros. También querían que la fornicaran los extraños. Querían hacer aquí lo que están haciendo en Italia y Alemania. Querían regalarle el país a los fascistas." ¿Qué habría dicho Müller? Le habría dicho que era su padre quien hablaba por su boca. Su padre, ese yrigoyenista. Ese hombre ya viejo que admiraba a otro viejo. A un viejo verde, lleno de vicios, de mujeres fáciles, de cortesanas ambiciosas y estrafalarias. Y él le hubiera respondido que ese viejo, ese viejo acosado por sus vicios, al menos no quería regalarle la patria a nadie. No quería que ningún extraño la fornicara. Quería que viviera con vida propia. Eso le habría dicho. Con fervor, con convicción, duramente le habría dicho todo eso.

Poco tiempo después, en un encuentro azaroso con un hombre que conocía al teniente Müller y se enorgullecía de su amistad, a este hombre le dijo todo cuanto callara ante Müller. Le hizo la exaltada defensa de don Hipólito Yrigoyen. Le dijo que había sido un viejo sabio. Un verdadero patriota. Un hombre que quería una patria fuerte y no quería que esa fuerza viniera de otros, de afuera, de los extraños. El amigo de Müller sonrió desdeñoso, como acaso hubiera sonreído Müller, y le dijo que no sabía de qué estaba hablando, que era muy joven, que ignoraba hechos esenciales, que Yrigoyen había servido a sangre y fuego a los terratenientes británicos, a todos los hacendados que vivían del ganado lanar de nuestra Patagonia, dijo, y que había autorizado matanzas arrasadoras, ahí, en el sur, lejos, confiando en que pocos habrían de enterarse, lejos, en esos territorios desolados, en esas tierras que eran todas de ingleses poderosos, hacia ahí envió Yrigoyen las tropas de la patria, dijo, y las puso a matar obreros para salvar los intereses británicos. Nadie obedeció tan fieramente a los británicos. Nadie como él mató tanto por sus intereses. Nadie llegó al extremo de humillar a nuestro Ejército y someterlo a la faena sucia de matar obreros para proteger los lanares de los terratenientes del sur, podridos ingleses todos. Miró duramente a Leandro y agregó: "Entérese, joven Graeff. Eso hizo el hombre a quien usted cree un viejo sabio. No lo fue. Fue un lacayo de Inglaterra y humilló a nuestro Ejército".

Leandro se prometió no hablar de esa cuestión con su padre. Prefirió creer que ese hombre, ese amigo de Müller que odiaba a Yrigoyen no menos que el teniente, mentía.

14

El jueves, así se lo había propuesto, se sentó en una de las seis primeras filas del cine *Astor* y clavó sus ojos en la pantalla. (Al regresar a Ciervo Dorado le diría a Santiago Sanmartino que la había visto, que había visto una película increíble, pavorosa, y Sanmartino habría de decirle que sí, que él también la había visto, porque había viajado a Buenos Aires durante esos días casi con el único, obsesivo propósito de obtenerla para exhibirla en Ciervo Dorado, y habría de invitarlo a tomar una cerveza y comentarla, porque una película como esa hay que hablarla mucho, porque no se entiende así nomás, pibe, ya que Sanmartino le decía *pibe* a Leandro, porque era un hombre grande, casi de la edad de Graeff y lo había visto crecer y solía decirle *pibe* como les decía a todos quienes sencillamente eran más jóvenes que él, un poco por la edad, porque le gustaba sentirse un veterano, una especie de sabio, y también porque era dicharachero y solía mezclar giros y guiños entre sus palabras, sabiéndose dueño de un lenguaje colorido que le atraía el cariño, la inapelable simpatía de todos, quienes desde hacía años le decían el *loco* Sanmartino, algo en broma, algo en serio, aunque jamás creyendo que estaba loco de verdad, sino que estaba loco porque era tanto lo que el cine lo arrebataba que ya no distinguía bien entre la realidad y los innumerables desatinos que veía en esa pantalla plateada capaz de ofrecer siempre más que la vida, sobre todo la vida de Ciervo Dorado, donde, por ejemplo, los peligros de Paulina, de pasar ahí, sólo habrían de reducirse a uno, el de aburrirse, frase que le gustaba decir a Sanmartino

y que repetía una y otra vez, de una y mil formas que
concluían en afirmar con entusiasmo si la pobre Paulina
se aparece por aquí, pibe, seguro que por fin se muere
y se terminan sus peligros y aventuras, porque se muere
de aburrimiento, de un virus incurable, decía jocoso,
llamado *tedius infinitus.*) La película empezaba con un
hombre que decía a los espectadores, les advertía, mejor
dicho, que el film que verían sería terrorífico y que muchos harían bien en abandonar la sala, no digan que no lo
advertimos. ("Eso, para mí, es un golpe bajo", diría Sanmartino. "Si la película te asusta es la película la que te
tiene que asustar, no un tipo que aparece y te advierte,
digo yo. ¿Vos que opinás?" Sanmartino tenía la mala
costumbre de preguntarle a todo el mundo qué opinaba,
respuesta que raramente conseguía porque siempre hablaba de cine y nadie se atrevía a opinar sobre algo que
él conocía mejor que todos. Leandro, acaso porque lo
quería de verdad y su sapiencia no lo sofocaba, era una
excepción a esa regla. De modo que se le atrevía, por
decirlo así, pero como a un amigo. "No opino nada", le
diría. Respuesta que Sanmartino habría de aceptar con
resignación; sobre todo porque el retornante *¿vos qué
opinás?* era ya una cuestión de mera retórica y no una
verdadera pregunta, lo que Leandro advirtió prontamen-
te y dejó de preocuparse por opinar, opinando sólo cuando se le antojaba.) Luego venían los títulos y había unos
dibujos que eran como ojos y hasta una mano que parecía
una garra, algo así. Todo empezaba en un cementerio,
al anochecer. Un cura, un par de sufrientes familiares y
después, ya solo, un sepulturero que echaba tierra sobre
el ataúd. Asomando sus rostros por sobre las rejas del

cementerio, aparecían dos hombres. Uno era feo, jorobado, casi enano. El otro tenía un rostro delgado, un mechón de pelo le caía sobre la frente y una pasión extraña
brillaba en sus ojos. ("Ahí los tenés, te los presentan de
entrada", diría Sanmartino. "El doctor Henry Frankenstein y su ayudante Fritz. Van a los cementerios a robar
cadáveres. No hay más que verle la cara a Frankenstein
para saber que está un poco piantado o piantado del todo.
¿Vos qué decís?". "Piantado del todo", diría Leandro.
"Pero sabe lo que quiere", seguiría Sanmartino. "Mirá,
no hay nada más parecido a un loco que un científico
que sabe lo que quiere. Porque nada lo detiene. Porque
no hay Cristo que lo pare." Leandro bebería un trago
de su cerveza y haría su primera pregunta peligrosa,
pues ese diálogo con Sanmartino habría de consistir en
una serie de preguntas que Leandro no hubiera debido
hacer pero hizo y que lo acercaron al dolor, o transformaron en dolorosa una experiencia, la de ver esa película,
que no lo había sido. Diría: "¿Y qué quiere Frankenstein?". "Crear vida", respondería Sanmartino.) Luego
Frankenstein y Fritz se llevaban el cadáver y Frankenstein
le encargaba a Fritz robar un cerebro de algo que parecía una escuela de medicina o una universidad. Ahí da
clases el doctor Waldman, un hombre de edad madura,
avanzada, y lleno de sabiduría y, sobre todo, sensatez.
("Para mí", diría Sanmartino, "Waldman es un papa frita. Es el sabio serio, no el sabio loco. Pero si todos los
sabios fueran serios no habría películas de terror. ¿No,
pibe? Frankenstein, en cambio, está colifato y eso es lo
bueno. Sólo a un colifato se le ocurre crear vida. Robar
cadáveres de los cementerios, con una parte de cada uno

de los cuerpos armar uno y darle vida. Eso sí que está bueno. ¿Vos qué decís?". Leandro no dijo nada.) Luego el torpe de Fritz se roba un cerebro, pero el cerebro equivocado, no el de un hombre bueno, inteligente y cuerdo, sino el de un asesino, una bestia, un monstruo. Se lo lleva a Frankenstein y Frankenstein lo mete en la cabeza del enorme cuerpo que ha tramado con los restos de los cadáveres que anduvo robando por los cementerios. ("¿Qué cagada se mandó, no? Si me permitís decirlo así", diría Sanmartino y encargaría más aceitunas y maníes, porque ya se los había devorado todos. Los maníes se los metía de a manotazos en su bocaza y muchos se le caían desde los bordes y caían sobre su pantalón y se lo manchaban y él como si nada porque sólo le importaba hablar de la película. Hasta las aceitunas se le deslizaban sobre el pantalón, y nada, seguía hablando de la película. "Decilo como quieras", diría Leandro. Y agregaría: "Ya sé cómo hablás. No me voy a sorprender ahora. Además, es cierto: el jorobado se mandó una cagada de padre y señor nuestro. Porque todo el asunto se desata por ese cerebro equivocado. Le hubiera puesto el del tipo inteligente y honesto y chau, no había monstruo". "O sea", diría Sanmartino, "no había película. Bien, pibe. Lo agarraste bien ese yeite.") Al laboratorio de Frankenstein llegan el doctor Waldman, su novia y un amigo para pedirle que abandone sus experimentos. Esa es, sin embargo, la noche en que Frankenstein habrá de realizar la prueba suprema. "Voy a crear vida de la muerte", desafiante, le dice al doctor Waldman. Hay una terrible tormenta, el cuerpo aún inanimado del Monstruo –que yace en una camilla– es elevado hacia una especie de terraza y sometido a los rayos y luego, cuando la camilla desciende, Frankenstein mira la mano del Monstruo y la mano, increíble y maravillosamente, se mueve. Frankenstein grita repetidas veces: "¡Está vivo! ¡Está vivo! ¡Está vivo!". ("¿Está totalmente piantado, no?", habría de decir Sanmartino, escupiendo algunos carozos de aceitunas. "¿Vos viste cómo dice está vivo, está vivo? Como un poseído. Pero ponete en el lugar del tipo. El tipo creó vida, Leandro. Creó vida. ¿Vos sabés lo que es eso? Pensá un poco. Crear vida, pibe. Ser Dios. ¡Como para no piantarse!". Leandro empezaría a sentir que Sanmartino le revelaba algo que él había visto y no había visto, o no había entendido, o no había querido entender. O vaya a saber qué demonios le había ocurrido. Pero él no salió de ver esa película tan horriblemente mal como habría de sentirse ahí, ahora, tomando esa cerveza, mirándolo a Sanmartino en medio de su verborrea hiriente.) Ahora Frankenstein está con Waldman y oye pasos en la escalera. Es el Monstruo. Abre la puerta. Entra de espaldas, gira lentamente y por primera vez se ve su cara. ("¿Viste cómo entra de espaldas?", diría Sanmartino. "¿Qué cine hacen los yanquis, no? Para mí, mejor que los expresionistas alemanes. Me cago en *El gabinete del doctor Caligari* y en *Nosferatu*, si me permitís decirlo así. Esta es mejor. El Monstruo entra de espaldas, pibe. Y después, dos o tres primeros planos que te quedás patitieso. El maquillaje es increíble. ¡Y el actor! Boris Karloff. Creeme, va a hacer carrera." "Te creo", le diría Leandro.) El Monstruo se sienta y mira hacia la luz. Parece obedecer cuanto le dice su creador, Frankenstein. Sin embargo, se abre la puerta y aparece Fritz y tiene una antorcha y el Monstruo se horroriza cuando ve el fuego. ("No me preguntés por qué", habría de decir Sanmartino. "Pero el Monstruo le tiene terror al fuego. Es su talón de Aquiles. Fritz, al descubrirlo, decide torturarlo, porque Fritz también es un monstruo, pero es un monstruo sin dignidad, sin esplendor. A ver si me explico. Fritz es un monstruo de la naturaleza. Un bicho feo. El Monstruo de Frankenstein es una creación de la inteligencia. Del delirio de un tipo que quiso ser Dios. ¿Me seguís, pibe?") Encierran al Monstruo y Fritz lo atormenta con la antorcha y también le da latigazos. Frankenstein está preocupado. Waldman le dice que tiene que matar al Monstruo. Se oye un grito aterrador. El Monstruo ha ahorcado a Fritz. Frankenstein y el doctor Waldman consiguen dominarlo y le aplican un poderoso somnífero. Lo llevan a la camilla de experimentos. Waldman se compromete a darle muerte. Frankenstein, agotado, regresa a su hogar, donde lo espera su novia. Waldman elige su instrumental para destruir al Monstruo, que, exánime, yace en la camilla. Uno de sus brazos cuelga indolente, flácido. Waldman inicia su trabajo. El Monstruo abre los ojos. Empieza a mover lentamente su mano en busca del cuello del doctor Waldman. Y lo ahorca sin compasión. Huye, entonces, y saberlo en libertad es el momento más terrorífico de la película. Algo que Leandro no necesitó que Sanmartino le dijera porque lo sintió en la oscuridad del cine *Astor*, mientras veía esa película aterradora, sobre seres extraviados y letales. Porque, al cabo, el bueno y muy sabio doctor Waldman había decidido matar sin mayores dudas al Monstruo. ¿No había merecido su castigo? ("Claro que sí", habría de decir Sanmartino. "Iba a destruir una vida y esa vida lo destruyó a él".) El Monstruo camina cerca de una laguna y se encuentra con una niña. Se llama María y está sola porque su padre se ausentó para hacer algunos trabajos de labranza y carpintería. Ella no le teme al Monstruo. Lo lleva junto a la orilla y lo invita a jugar. A tirar flores al agua. Cuando las flores se acaban, el Monstruo, inocentemente, agarra a María y la arroja a la laguna. María se ahoga. El Monstruo, angustiado por lo que acaba de hacer y no comprende bien, aunque sabe que ha matado a la niña, huye en busca de alguien, quizá de su creador, que lo ha abandonado. ("Aquí me dio lástima por el Monstruo", habría de decir Leandro. "Es tan torpe. No sabe lo que es bueno, lo que es malo". Y preguntaría: "¿Quién te gustaría ser, Frankenstein o el Monstruo?". Habría de ser la más imprudente de sus preguntas. Porque Sanmartino diría: "La víctima de esta historia es el Monstruo. No lo dudes, Leandro. Es el Monstruo. Pidamos otra cerveza".) Entretanto, Frankenstein se ha repuesto en su lujosa mansión, junto a su novia, junto a su padre, atendido por una servidumbre eficaz que lo admira y lo quiere. Así, ha llegado el día de su boda. Pero es precisamente aquí, en este día que debió ser de felicidad, libre de asperezas y sombras, cuando llega la terrible noticia de la muerte del doctor Waldman. Frankenstein no duda: el Monstruo lo ha asesinado. Oye entonces algo que es un rugido o un lamento, pero amenazante, cercano. Exclama: "¡El Monstruo está en la casa!". Corre hacia la habitación de su novia, teme por ella, entra y ella está bien, vestida de blanco y de esperanzas. Se abrazan. Él sigue en busca del Monstruo. Sale de la habitación. ("¿Aquí te avivaste, no?", diría Sanmartino. "El tipo sale de la habitación para que ella se quede sola. Y ella se tiene que quedar sola, a ver, decí, para qué. Dale, para qué." "Ya sé para qué", diría Leandro. "¿La vi o no la vi la película? Se queda sola para que pase eso. ¿Lo que pasa, no?") La novia se sienta en un amplio sofá y se pasa una pálida mano por el rostro. Su angustia no se ha disipado. De pronto, por la ventana abierta al jardín aparece el Monstruo, que entra en la habitación, silencioso y se acerca hacia ella, extendiendo sus manos enormes. Ella se pone de pie y da algunos pasos. No lo ve en seguida. ("¿Qué momento, no?", diría Sanmartino. "Pensé: ¿y si la amasija a la novia qué hacemos? ¿Vos qué decís?" "Me asusté un poco", diría sobriamente Leandro, que, en verdad, se había horrorizado durante esa escena y se mordía las uñas y hasta le daba miedo mirar la pantalla y se decía dónde me metí, qué es esto, quién me mandó a ver esta película, así de asustado estaba.) Pero ella gira súbitamente y lo ve, lo ve al Monstruo frente a ella, con esa cara, todo de negro, con esos tornillos en el cuello y los costurones y grita y el Monstruo la agarra y se la quiere llevar y al fin la deja porque oye los gritos de Frankenstein y los suyos que vienen a proteger a la aterrada novia. Y sale por la ventana que da al jardín, por la misma que usó para entrar y se pierde entre las sombras. Frankenstein entra en la habitación y otra vez se abraza con su amada, aliviado pero ya con la certeza absoluta de eliminar, como sea, al Monstruo, ese fruto de su extravío diabólico. ("Y ahí viene la escena más triste de la película", diría Sanmartino. "Cuando aparece el padre con el cadáver de María. ¿Le viste la cara? Ni un gesto, nada. Ni pareciera que sufre. Sólo está consternado.

No puede creer que le haya sucedido eso." "Pero eso es lo que subleva a la gente del pueblo", diría Leandro. "Ahí es cuando todos deciden salir a perseguir al Monstruo y matarlo." "Pero el Monstruo no es el culpable", diría Sanmartino. "El Monstruo mató a la chiquita porque no sabe distinguir entre el Bien y el Mal. Lo hizo de puro inocente nomás. Quería jugar y la ahogó. El culpable no es el Monstruo, pibe. Te dije, el Monstruo es la víctima. El culpable es Frankenstein. Sólo Dios puede crear la vida. ¿Es el mensaje de la película, no? El hombre que quiere usurpar el lugar de Dios y crear la vida sólo puede crear monstruos. ¿Vos qué decís?" "Nada", dijo Leandro, que, en verdad, no sabía qué decir.) Frankenstein, seguido por todos los hombres del pueblo, sale en busca del Monstruo, que ha huido hacia la montaña, a esconderse entre las rocas y las sombras de las rocas, en medio de una noche con una gran luna. Los pobladores llevan antorchas, inmensas antorchas que el Monstruo ve desde su escondite y se aterra, pues el fuego lo aterra y el odioso Fritz le hizo sentir ese terror desde el inicio de su vida muerta. Las antorchas iluminan la noche, la iluminan más que esa luna blanca, fría. De pronto, Frankenstein se aparta de los otros, ya que intuye dónde está el Monstruo y en efecto lo encuentra. Ahora están los dos frente a frente, se miran y se odian y cada uno está dispuesto a matar al otro. ("¡Qué momento grandioso!", se exaltaría Sanmartino. "El padre y el hijo frente a frente. El padre loco y el hijo monstruo. ¡Qué película, pibe! Va a hacer historia. Algunos dicen que es una de terror y nada más. Dejalos. No saben nada. Es un tratado de filosofía. ¿Sabés quién escribió la novela en que se basa todo el

despelote? Una mina. ¿Vos qué opinás? ¡Mirá lo que se fue
a escribir una mina! Claro, era la jermu de un poeta que
ni te cuento. Sir Percy Shelley, un capo. En serio, un capo
de veras. Mirá, para mí que la escribió él y le salió tan
rara que le dijo a la jermu: 'Ma sí, firmala vos'. Y ella la
vio clara: con esto me hago inmortal, carburó y le puso la
firma. ¿Vos qué pensás?" "Que hizo bien", diría Leandro.
"Que tuvo coraje, el coraje que no tuvo él." "¿Sabés que
tenés razón?", diría Sanmartino. "No lo había pensado.
¿Viste que es bueno preguntarle a la gente lo que piensa?
Yo, por ejemplo, eso que vos dijiste no lo había pensado.
Ni por joda. En serio, la mina tuvo más pelotas que él. ¿Es
rara la vida, eh?") El Monstruo golpea a Frankenstein,
lo hace caer sobre ese piso rocalloso y ya está a punto de
ultimarlo cuando aparecen los pobladores y sus temibles
antorchas. El Monstruo carga a Frankenstein sobre sus
hombros y huye hacia un molino. ("Me gustó mucho
ese molino", habría de decir Leandro. "Qué lindo es. En
medio del campo, contra la luna, con las aspas girando
despacito." "Era el gran lugar para que la tragedia terminara", diría Sanmartino.) El Monstruo trepa a lo alto
del molino y lucha otra vez con su creador. Se miran con
odio. El Monstruo es más fuerte, lo alza con sus brazos
poderosos y lo arroja al vacío. Frankenstein tiene suerte. Cae sobre una de las aspas del molino, que amorti-
gua la caída y luego, sólo luego, cae sobre la tierra, en
medio de los pobladores que lo reciben entre vítores.
Entonces viene el final. El final para el Monstruo. Los
pobladores, con las antorchas, incendian el molino. El
Monstruo muere atrapado por las llamas, entre gritos de
furia, de pánico y de dolor. ("¿Viste qué belleza terrible

tiene esa imagen final del molino en llamas y el Monstruo que se muere manoteando el aire, gritando, rugiendo? No hay caso, pibe. Una gran película, si termina con un gran incendio, mejor todavía." Sanmartino habría de concluir su cerveza, habría de mirar a Leandro y con una expresión de tersa piedad preguntaría: "¿No le tuviste lástima al Monstruo? Morirse así, perseguido como un perro, quemado vivo, carajo, ningún monstruo la pasa bien". Pediría otra cerveza y se llenaría la boca de maníes y aceitunas, como si no le interesara seguir hablando. O como si no tuviera ganas. Tampoco las tendría Leandro, de modo que en algunos minutos más habrían de separarse. Leandro partiría hacia su casa y Sanmartino se quedaría en el bar, pensando una y otra vez en esa imagen del labrador que carga el cuerpo exánime de su hija, y bebiéndose lentamente esa cerveza, la última.)

15

Regresó a Ciervo Dorado el viernes, en el tren del atardecer, como siempre. Reclinó su cabeza contra el asiento y buscó el sueño. No pudo dormir. Una frase lo asediaba poderosamente. Eso que había dicho el teniente Müller sobre la patria, sobre el país del que tan amargamente hablara. Eso repiqueteaba en su cabeza con el ritmo afiebrado de las ruedas del tren. Esa frase imponente, bíblica. "Este país es estéril, Leandro. Este país, si no lo fornican los extraños, no tiene vida." Luego de un par de horas, a punto de estallarle la cabeza, supo lo que esas palabras le estaban diciendo, dictando.

Entonces, exactamente en ese instante, concibió el pacto que determinaría su destino. Era una idea extraña. Tan extraña como la que obsesionara al doctor Frankenstein y lo llevara a crear ese ser infernal, sufriente, condenado a morir por el odio y el fuego de los otros, el Monstruo.

Capítulo sexto

1

Laura Graeff solía sorprenderse de la lentitud con
que pasaban los días. Sabía que algo tenía que ocurrir.
O, al menos, ese presentimiento la hostigaba con frecuencia. Durante los días que siguieron a su regreso de
Buenos Aires, al viaje que confirmó su fertilidad, a la
conversación que tuvo con Leandro y en la que le dijera soy fértil como la tierra, durante esos días en que se
sintió, por primera vez en su vida, cercana a las heroínas
de los *novelines*, sospechó que hechos decisivos estaban
por ocurrir. Pero no. Los días siguieron pasando y todos
repetían la misma situación. Algo que parecía estancado
y parecía seguir así, sin resolverse jamás. Graeff esperaba
el nacimiento de la *mujercita* y, entre tanto, se consagraba
a jugar algo tontamente, es decir, con una sensiblería
indigna de él, con los hijos de Mario y de Leonor, sobre
todo con el más pequeño, el que llevaba su nombre. María Graeff seguía tan huidiza, tan errática como siempre,
leyendo una que otra de esas novelas de tapas amarillas o
sentándose al piano y tocando ese vals de Chopin, alguna

otra cosa a veces. Y Leandro no reaccionaba. Porque, intuía Laura, era Leandro quien debía hacer algo. De él dependía que la situación cambiara, que algo nuevo, algo que agitara esas aguas estancas, ocurriera.

Con frecuencia, Laura comprendía a su desafortunado marido. Se decía: si Leandro no hace nada es porque Graeff ya no espera nada de él. Porque era así y porque ésa era la razón que permitía comprender ese estado de las cosas, esa demora, esa insoportable paralización de los acontecimientos. Graeff ya parecía poseer lo que deseaba.

Aun algo más grave sucedía. Graeff, atontado por su condición de abuelo mendicante, había perdido esa que fuera quizá su más valiosa condición: su capacidad para ponerse en el lugar de los otros. Era, al menos, incapaz de pensar en Leandro. De elucidar qué podría sentir su hijo ante su indiferencia, ante la suspensión de aquello que le había pedido, ante su entrega a otro y a los hijos de otro, que había hecho suyos, sus nietos. No sospechaba, no parecía remotamente intuir que esta erradicación del pedido inflexible que le hiciera esa noche ya distante en el Club Alemán era la más honda herida que podía inferirle, y era, también, la más exasperante ratificación de ese pedido. Pues Leandro sabía que la falta de fe de su padre –su silencio, su desesperanza no formulada pero estridente– era el modo en que ahora le expresaba su mandato, lo que todavía esperaba de él, lo que siempre esperaría.

Así las cosas, Leandro, tal como Laura lo presentía y lo deseaba, hizo algo. Dejó de hacerle el amor, dejó de buscar su cuerpo durante las noches, o durante ciertas noches, ya que esa búsqueda, con el transcurso de los meses y hasta de los años, se había tornado cada vez menos frecuente, más espaciada, menos entusiasta y a veces triste como un ejercicio vano, como una ceremonia inútil, sin sentido alguno; dejó, entonces, de hacerle el amor, y le habló, porque eligió hablarle primero a ella, de la extraña idea que lo acosara durante su regreso de Buenos Aires, esa idea que le sugirieran las palabras amargas del teniente Enrique Müller.

2

Ella estaba en el patio y no lo oyó entrar. El patio era un patio; tenía una mesa, sillas, una parra, glicinas, macetas con malvones y ahora recibía el sol de la tarde, el último. Ella leía *El Hogar* y tomaba un té con algo de leche. Él apareció, la besó ligeramente, le dijo quedate aquí, ya vengo, y fue en busca de algo. Era una botella de oporto y una copa, que depositó sobre la mesa. Hacía calor. Había algunas mariposas, algunos grillos y pronto habría mosquitos y deberían traer una espiral.

A ella le pareció raro que él se trajera la botella de oporto. Solía tomar una copa, una pequeña copa y sólo eso. ¿Para qué traer la botella? Ahí sospechó lo que en seguida sabría, que ésa no sería una charla como otras, en la tersura del patio, antes de la cena, contándose naderías, qué había hecho él, qué había hecho ella. Probablemente la cercacía de la noche mitigara el calor, pero no era seguro. Probablemente hiciera calor durante toda la noche.

Si fumara, él hubiera encendido un cigarrillo, pero Leandro no fumaba. Se bebió de un par de tragos la copa de oporto, agarró la botella y otra vez llenó la copa. Ella había dejado *El Hogar* sobre la mesa, entre los dos, como una línea divisoria, algo así. Él abruptamente dijo tenemos que hablar, mirá, Laura, esto se tiene que terminar, yo no puedo aguantar más y dijo otras cosas vagas, confusas, que ella no entendió bien, de modo que le dijo no te entiendo, hablá tranquilo, tenemos tiempo, yo te escucho, qué es lo que no aguantás más. Porque dijo, clara, firmemente eso. Dijo: "¿Qué es lo que no aguantás más?". Y él dijo: "Vos sabés". Porque sabía que ella sabía. Porque no era necesario decirlo. Los dos sabían que en esa casa no había un hijo.

Él se bebió la segunda copa y agarró la botella y se sirvió la tercera. Ella dijo: "Si te emborrachás, no hablamos". Él dejó la copa sobre la mesa y dijo está bien, tenés razón. Ella dijo: "Yo ya hice lo que tenía que hacer. Tendrías que ver vos si..." "¿Para qué?", dijo él. "Si vos sos fértil, el estéril soy yo. No necesito que ningún médico me lo diga. Las cosas son así: yo soy estéril y vos sos fértil." Sonrió con amargura, con rabia y dijo: "Fértil como la tierra". Ella dijo yo no tengo la culpa, no me odies por algo que no puedo cambiar. "Si podés", dijo él. "Esto se puede cambiar." Y agregó: "Esto tiene arreglo". Se quedaron tiesos, mirándose. Entonces Leandro dijo lo que quería decir, lo que venía tramando secretamente, entre el dolor y la increíble esperanza, entre la humillación y la búsqueda desesperada de la salida de su infierno y del de Laura, que también sufría, que también quería salir de eso y él no lo ignoraba, porque la había oído llorar de noche, con un llanto quedo, creyendo que él dormía, que no habría de enterarse, y él la escuchaba mientras fingía dormir, la escuchaba y se decía algo hay que hacer, lo que sea, rápido, ya, algo, lo que sea, por terrible que sea, aunque espante pensarlo. Entonces dijo: "Si yo no puedo hacerte un hijo, que te lo haga otro". Laura contuvo la respiración y abrió grandemente los ojos. Él dijo: "Si realmente me querés..." Se detuvo y añadió: "Por favor". Y se bebió la tercera copa de oporto. Ella recordó una frase de María Graeff. Algo hermoso que María Graeff había dicho para defender al demoníaco doctor Ignacio Sandoval, que, según ella, había matado por amor. "Todo lo que se hace por amor", había dicho, "es bueno y es puro". Y Laura pensó: "Por amor". Y miró fijamente a Leandro y preguntó: "Quién". Leandro dejó caer el nombre lentamente, porque era importante que ella escuchara con transparencia el nombre de quien sería el padre de su hijo: "Mario Bonomi", dijo, casi silabeando. Laura se puso de pie, dio algunos pasos, giró otra vez hacia Leandro, otra vez lo miró con fijeza, y como si sellara un juramento, dijo: "Está bien". Había anochecido. "Voy a preparar la cena", dijo ella. Él se quedó un rato más. Tomó, muy lentamente, otra copa. Pero sabía, ahora sí, que no habría de emborracharse. Una paz dulce y contradictoria, que acaso preludiara una gran tormenta o acaso fuese el inicio de una felicidad duradera, lo poseyó. Permaneció así, saboreándola.

Comieron en silencio, ensimismados. Él pensó por qué ella había aceptado tan rápidamente. Y tuvo que ahogar esa pregunta. Qué importancia tenía, se dijo. Probablemente pensara, como pensaba él, que Mario

Bonomi era el más indicado porque tenía un hijo tras otro y parecía, en eso al menos, infalible. Sí, eso debía ser. Ella dijo que le gustaría ir al cine el sábado, que daban una película rara, de terror, que había oído decir que Santiago Sanmartino la elogiaba desmedidamente. "Se llama *Frankenstein*, creo", dijo. Leandro prometió llevarla y le ocultó que ya la había visto. Era de otra cosa que quería hablarle. Dijo: "Una vez nos agarramos a piñas con unos obreros de un aserradero. Mario y yo contra todos. Vieras qué paliza les dimos". Laura no dijo nada, siguió comiendo y escuchando. "Después nos fuimos al río", continuó Leandro. "Estaba Luciano con nosotros. Clavó dos cuchillos en un cajón y jugamos una pulseada con Mario." Laura preguntó para qué eran los cuchillos. Leandro dijo que el primero que se cortaba, perdía. Y agregó: "Fue duro. Estábamos algo cansados por la pelea, pero nos jugamos el alma en esa pulseada". Laura siguió comiendo, sin preguntar lo que Leandro esperaba que preguntara. De modo que fue él quien dijo: "¿Sabés quién ganó?". Ella negó con la cabeza. Leandro dijo: "Yo". Se sirvió un vaso de vino, se lo bebió hasta la mitad y agregó: "Gané yo, Laura". "Claro", dijo ella, "si sos tan fuerte". Continuaron comiendo y hablando vaguedades. Ella insistió en que iría a ver esa película. "La del Monstruo", dijo.

3

Al día siguiente, en medio de las complicaciones de una mañana agitada, entró en la oficina de su padre a buscar un libro de contabilidad que su trabajo requería.

El contador de la empresa lo esperaba para cotejar algunos números, ciertas cifras en el *Debe* otras en el *Haber*, notas de crédito, notas de débito, saldo acreedor, saldo deudor y saldo total, complejas artes en las que Leandro era, hacía tiempo, un experto y un obsesivo. En la oficina, sentado junto a la ventana, mirando abstraídamente por ella, casi ajeno a todo, estaba su padre. Leandro no dijo palabra. Le pareció una intrusión hablarle. Así de lejano lo sintió, perdido en vaya a saber qué recuerdos, qué insalvables melancolías. Extrajo el libro que buscaba, vio, sin darle importancia al hecho, un diario ampliamente abierto sobre el escritorio, y salió, cerrando cautamente la puerta. Trabajó hasta el mediodía con el contador, se perdió en la vorágine de esos números, que, por suerte, siempre eran favorables para la empresa. Luego regresó a la oficina de su padre con el prolijo propósito de reintegrar el libro.

Graeff seguía igual. Era como si no hubiera variado su posición un magro centímetro. Miraba hacia la ventana, las manos caían flojas sobre sus muslos, tenía una pierna cruzada y el sol brillaba sobre la punta de sus zapatos de cuero marrón. Leandro retornó el libro a su lugar, y ya se disponía a salir cuando, esta vez sí, el diario que reposaba sobre el escritorio despertó su curiosidad. Ahí estaría la clave de tanta melancolía.

Miró el diario. Era *La Nación* y estaba abierto en la página de los avisos fúnebres. Leyó, tristemente leyó: *Condesa Irene Von Döry*. Había un par de fechas que eran, sin duda, los años entre los que se deslizara la vida elegante y fogosa de la condesa. Había sido velada en su domicilio de la calle Florida y le habían dado sepultura en la Chacarita. Miró a su padre. Descubrió, entonces, que los ojos le brillaban, que a duras penas lograba contener las lágrimas. Se le acercó y le puso una mano sobre el hombro. Dijo: "No sufra, papá. Usted fue muy bueno con ella". Retornando, Graeff elevó sus ojos y lo miró, sorprendido. Pero no dijo nada.

Leandro salió de la oficina.

4

Le dijo a Mario que cerrarían juntos la cortina metálica y darían unas vueltas y charlarían un rato, si no tenía inconvenientes. Mario dijo que no. Una vez cerrada la cortina se despidieron de Luciano y subieron al Ford de Leandro, un modelo del 28 que su padre le había cedido. Leandro le dijo que hacía rato deseaba comentarle un par de cosas, que nada mejor que dar una vuelta, o quizá, aventuró, acercarse al río y disfrutar un poco el fresco del atardecer. Fueron hacia allí.

Ahora estaban cerca de la orilla y Mario había encendido un cigarrillo. Leandro lo había llevado al lugar en que jugaran la pulseada, al lugar en que lo venciera. Advirtiéndolo, Mario dijo: "Ganaste bien esa tarde". "Alguno de los dos tenía que ganar", dijo vagamente Leandro. Mario dijo: "¿Se lo contaste a Laura?". La pregunta sorprendió a Leandro, porque precisamente se lo había contado la noche anterior. De no ser así, de haberle hecho Mario esa pregunta apenas dos días antes, habría podido responderle: "No". Respuesta que hubiera preferido a la que ahora tenía que dar, ya que decidió no mentirle. De modo que dijo sí, se lo conté. Mario sonrió comprensivo y dijo: "Yo hubiera hecho lo mismo. Uno es así, Leandro. Somos hombres y la fuerza nos llena de vanidad. Yo se lo hubiera contado a Leonor, te lo juro. Le hubiera dicho le gané una pulseada a Leandro. Al hijo del patrón, qué te parece". Leandro le dijo que él no era el hijo del patrón, que era su amigo. Mario le dijo sí, sos mi amigo, pero también sos el hijo del patrón y yo trabajo para vos, de lo que me alegro y te agradezco. Apagó el cigarrillo contra la arena. Lo miró y dijo: "¿De qué querías hablarme?".

No fue fácil para Leandro. Dijo varias cosas confusas, vaguedades que Mario escuchaba mansamente, como si esperara algo, ya que todo cuanto Leandro decía era nada o casi nada, sólo desconcierto. Hasta que dijo: "Vos viste cómo está Graeff. El viejo está viejo. O casi viejo. Cada vez le importan menos las cosas. Todo está cayendo en mis manos. Nunca pensé heredarlo en vida, pero parece que va a ser así". Mario lo miraba en silencio, aguardando. Leandro continuó: "Hay algo que él quiere de mí y se lo quiero dar. Si se muere antes de eso, yo no podría seguir vivo. Sabés de qué estoy hablando". Mario dijo que sí, que sabía y que no tenía que preocuparse, que ese hijo iba a venir, que sólo era cuestión de tener paciencia y esperar. Leandro le dijo ya esperé demasiado, no puedo esperar más, Laura tampoco, llevamos una vida triste, una vida de mierda, Mario, tenemos todo y no tenemos nada, y la culpa es mía, no de ella, mía, soy yo el estéril, más estéril que las piedras, que los muertos, el que no sirve para nada, el que no le puede dar a su padre el hijo que le pide, y cada vez es más tarde, y él se pone viejo y en cualquier momento se muere y yo me vuelvo loco, no puedo vivir en paz el resto de mis días, me muero o qué sé yo, carajo, daría no sé qué por salir de esto. Mario lo escuchaba calmo y atento en extremo. ¿A dónde quería llegar Leandro?

Entonces Leandro dijo: "Quiero proponerte un pacto". "Yo no puedo hacer nada por ayudarte", se atajó Mario. "No me atrevo a hablar con don Graeff. No me atrevo a decirle que te espere. Que te dé tiempo. Soy su empleado, Leandro. Los empleados no se meten en estas cosas. Aunque él juegue con mis hijos y me lleve a cazar, nada cambia la verdad: él es mi patrón y yo no puedo..." Leandro lo interrumpió: "Sí podés", dijo duramente. "Porque no te voy a pedir que le hables a Graeff. Te voy a pedir otra cosa. Y la podés hacer." Como una orden, agregó: "La vas a hacer". Se miraron largamente. Por fin, Mario dijo: "¿Cuál es el pacto?". "Yo te aseguro trabajo y bienestar para siempre", dijo Leandro. "Te prometo mi amistad, mi protección, todo. Y si el viejo muere, te hago mi socio. Pongo acciones a tu nombre. Te hago rico, Mario." Mario respiró hondamente. Y luego hizo una pregunta cuya respuesta ya había adivinado: "¿A cambio de qué?". "A cambio de un hijo", dijo Leandro. "¿Qué?", dijo, pese a sus presentimientos, Mario. "Lo que oíste", dijo Leandro, y lo dijo casi con fiereza, con una determinación invencible. Y añadió: "Quiero que me des el hijo que necesito. El que le quiero dar a Graeff". Se inclinó hacia Mario, le clavó los ojos, y mordiendo cada palabra, dijo: "Quiero que le hagas a Laura el hijo que yo no puedo hacerle". Mario no bajó los ojos, sostuvo la mirada de Leandro y dijo: "¿Laura está

de acuerdo?". Secamente, pero con un dolor abrupto,
que lo sorprendió y que ahogó en sus entrañas, Leandro dijo: "Sí".

5

Un par de días después fueron a ver *Frankenstein*.
Leandro le advirtió que no era una película agradable,
que sucedían cosas misteriosas, no sólo extrañas sino
también mágicas, raras, nunca vistas, ni en la realidad
ni en ninguna otra película, lo que era grave porque si
en algún lugar suceden cosas raras es en las películas,
dijo, y aclaró que todo eso se lo había dicho Sanmartino,
que siempre habla de cine, vos sabés. Pero se contuvo
no bien comprendió que estaba haciendo con Laura lo
que el hombre que aparecía antes del comienzo de la
película hacía con los espectadores: prevenirlos. Y recordó eso que el *loco* Sanmartino le dijera: "Si la película te
asusta es la película la que te tiene que asustar, no un
idiota que aparece y te advierte". (¿Había dicho *idiota* o
meramente *tipo*, "un tipo que aparece y te advierte"?
Era lo mismo. Lo que ese hombre hacía, apareciendo,
poniendo cara de loco y diciendo que lo que verían sería horrible, era una idiotez sin justificación alguna, ¿o
no había dicho eso Sanmartino?) Pero él no quería
asustarla. Su advertencia no era para asustarla. Él no le
decía *esto va a ser horrible* para asustarla, sino para que
no entrara al cine, para que no viera la película, porque no quería que eso ocurriese, porque prefería otra
cosa, que Laura no viera esa historia y regresaran como

habían venido, sin verla. No se preguntó por qué deseaba eso. Menos aún por qué lo deseaba tanto.

Salieron y fueron a tomar un par de cervezas a la confitería. No habían hablado durante toda la función. Ahora Laura estaba seria, como si reflexionara. Por fin, Leandro le preguntó si le había gustado y ella dijo que no, que era una pavada, que nadie puede crear un ser humano, ni siquiera un Monstruo, y menos con pedazos de otros seres humanos, con cadáveres, de ahí no puede salir vida, dijo, y mirá lo que salió, un Monstruo asesino, un Monstruo que ahogó a la nenita, una nenita inocente que se le había acercado para jugar, para tirar flores al agua, y la mató, y no me digas que no sabía lo que hacía, lo hizo porque era un asesino, porque era un Monstruo, y porque terminó como tenía que terminar, quemado vivo, allá, en el molino, porque era malo y porque está bien que los Monstruos mueran, que sean castigados, para mostrar que hay un Dios, para eso, que hay un castigo para los asesinos y los malvados, porque nadie puede vivir si mata a una nena, y más a una nena como esa, tan linda, con esos rulos, acordate, y aunque no tuviera rulos, siguió y siguió con pasión creciente, como enojada, no se puede matar a nadie, ni al más horrible de los seres, y el Monstruo también lo mata a Fritz, que, de acuerdo, es enano y horrible y hasta malo pero es una creación de Dios, tiene vida y la vida es sagrada, si por mí fuera, te lo juro, no la doy esta película, porque lo peor es que al final uno le tiene pena al Monstruo y es como tenerle pena al mismísimo Satanás, qué loco es Sanmartino, por favor, no es casual que le digan el *loco*, hay que estar un poco loco para traer esta película a este pueblo, lleno de gente que no sabe nada de la vida, y después la van a ver mis alumnos y yo les tengo que explicar, porque la que les va a tener que explicar soy yo y no Sanmartino, y yo qué les digo, a ver, decime, qué les digo a los chicos, decime. Leandro le dijo que no tenía nada que decirle, que él habría preferido que ella no viera esa película, que mejor no hubieran venido y se ahorraban la mala sangre. Ella se encogió de hombros, desdeñosa. Dijo: "Ahora ya está".

Regresaron a la casa y comieron en el patio, porque hacía calor y ahí siempre corría algo de fresco. A Leandro lo había aturdido la explosión de ella (porque así había sido, ella había explotado, exageradamente, según pensó él, no era para tanto, se dijo, tanto lío por una película, por un Monstruo de cartón), y ahora no sabía bien qué hacer ni decir, pero tenía ganas de explotar él, o, sin duda, se sentía dueño de ese derecho. No explotó, sin embargo. Algo lo inquietaba y pensó se lo digo ahora ¿o va a ser ella la única que diga lo que quiera esta noche?, sí, se lo digo ahora, y se lo dijo. Dijo: "Cuando le propuse el pacto a Mario, al final, me preguntó algo. Supongo que no te molesta hablar de esto". "Es mejor que hablar de esa película horrible", dijo ella. Él dijo: "Me preguntó si vos estabas de acuerdo". Laura se sirvió un vaso de vino. "Buena pregunta", dijo. "Hay mosquitos. Traé una espiral." Él trajo una espiral, la encendió y volvió a sentarse frente a ella, aguardando. "Ya sabés que estoy de acuerdo", dijo ella. "Puede que ahora me estés preguntando por qué." Él asintió. Ella dijo: "Me alegra que te preocupes por mí. Me alegra que no creas que ésta es una cuestión entre vos y Graeff, solamente". Se oyó un trueno remoto, tal vez lloviera. Ella dijo, fogosamente, sintiéndose envuelta, al fin, en el más impecable de los *novelines*, en el más atroz, el más osado, el más loco de cuantos pudieran escribirse: "Yo te amo, Leandro. Te lo juré en el altar y te lo juro ahora. Y lo que voy a hacer lo voy a hacer por amor. Espero que siempre lo entiendas y lo sientas así. Es un supremo acto de amor". Empujó su copa hacia él y dijo servime, no mucho, sólo para sacarme el miedo, porque da miedo tanta sinceridad, tantas palabras terribles, da miedo jugarse así la vida, porque nos jugamos la vida en esto, Leandro. "Pero esto nos va a unir más", dijo. "Esta locura es también el amor. El amor solamente es grande cuando se mezcla con la locura, hasta con la muerte. En serio, esto nos va a unir más. Y después... Si rompemos la maldición, hasta puede que vengan nuestros propios hijos. Porque esto es una maldición. De Dios o del Demonio, no sé. Pero si nos atrevemos a quebrarla, a vencerla, después vamos a ser libres. Libres de la desgracia, de todo este infortunio que nos ahoga. Vamos a ser felices, Leandro. Ya vas a ver, nos lo vamos a ganar". Bebió su vaso de vino. Él la miraba en silencio, y sus palabras lo transportaban, le hacían ver bella una historia tan áspera, tan rara, tan difícil de entender. Ella dijo: "Está tan sola esta casa". Y también dijo: "Además, una mujer que no es madre...". Se detuvo. Lo miró con una fijeza apremiante, que buscaba respuestas y preguntó: "¿Cuándo va a ser?". "Decime vos", dijo Leandro. "Tiene que ser dentro de dos días", dijo ella. "El martes. La fecha es buena, creeme." Luego dijo: "¿Dónde va a ser?". "Decime vos", repitió Leandro, susurrando casi. Y ella dijo: "Aquí, en esta casa". Y agregó: "En nuestra cama". Se

miraron largamente. Otro trueno remoto, ya se escuchaba la lluvia, acercándose. Ella dijo: "Nuestro hijo tiene
que ser concebido en nuestra cama".

6

Fue el martes, fue el día en que Laura dijera que debía ser. Alrededor de las nueve, Leandro abandonó la casa. Era una noche clara y calurosa. Subió al Ford, arrancó
y fue hasta el Gran Almacén. Esa mañana, al pasar, como
distraído, le había dicho a Luciano que vendría a la noche,
que había trabajo atrasado y mejor lo hacemos los dos,
después nos tomamos unas cervezas. Luciano aceptó
aunque sin saber cuál era el trabajo atrasado, pero se dijo,
cauteloso, que si Leandro lo decía algo atrasado debía
haber, ya que Leandro conocía los secretos del negocio
mejor que nadie.

Leandro entró por una puerta lateral, pequeña, apenas visible, que tenía solamente candado y no tenía reja.
Siempre que entraba de noche al Gran Almacén entraba
por ahí, de modo que Luciano no se sorprendió al verlo
aparecer; menos le sorprendió que trajera dos botellas
de cerveza, bien frías, porque se lo había prometido y
Leandro no solía olvidar sus promesas. Pusieron una botella en la hielera y abrieron la otra. "Mucho calor, eh",
comentó Luciano. Leandro dijo sí, mucho calor y agregó
que afuera no corría una gota de aire. "Una noche de
mierda", dijo entre dientes. Luciano pudo acaso preguntarle por qué había elegido una noche como esa para
poner al día el trabajo, pero no lo hizo; no era de andar

preguntando y menos de preguntar algo tan inútil, porque si Leandro estaba ahí sus razones tendría, el patrón siempre sabe más y por eso es el patrón. Así era de simple la vida para Luciano.

Pusieron una botella y un par de vasos sobre uno de los mostradores. Leandro le dijo que harían inventario del sector de cables eléctricos, que habían llegado muchos pedidos últimamente y los libros son los libros y hay que llevarlos y los contadores serán muy buenos pero lo mejor es mirar la mercadería y contarla, porque si un negocio tiene lo que los contadores dicen que tiene en cualquier momento se queda sin nada, nos fundimos por un error de cálculo, por una anotación equivocada, dijo Leandro y Luciano se rió y dijo eso que suele decirse, que el ojo del amo engorda el ganado.

Bebieron.

7

Ella le ofreció granadina, como la otra vez. O una cerveza fría, si preferís, dijo. Él le pidió granadina, aunque para sacarse la sed es mejor la cerveza, dijo, la granadina todavía te da más sed, pero cerveza, qué sé yo, muchas ganas no tengo, si querés tomá vos. Ella dijo: "Los dos vamos a tomar lo mismo". Sirvió dos vasos de granadina y mientras lo hacía escuchó una pregunta que no esperaba, porque esperaba muchas cosas pero no que Mario Bonomi le preguntara, muy tranquilo, como si nada, eso, que le preguntara: "¿Por qué no esperan un poco más?". "¿Vos estás loco?", dijo ella. "¿Cómo me preguntás eso?"

Apoyó los dos brazos sobre la mesa y le clavó los ojos. Dijo: "Si hoy vos estás aquí, es porque ya no podemos esperar más". Y agregó: "Si querés, hablamos de muchas cosas. De política, de la película esa que vi en el cine o te cuento una historia divertida que leí en *El Hogar* de la semana pasada. De lo único que no vamos a hablar es de lo que está pasando aquí, de lo que va a pasar y de por qué pasa. No sé si me entendés". Mario bebió su refresco y después dijo: "Era mi obligación preguntarte". Lo dijo en voz baja, un poco como si se disculpara. Laura dijo: "Vos tenés una sola obligación esta noche". Y entonces, desafiándolo, añadió: "Espero que la cumplas". Se miraron sin vueltas ya, y la mirada de Mario fue codiciosa, porque Laura le gustaba, siempre le había gustado, y lo increíble, lo maravilloso o lo abyecto, era que esa noche debía gustarle, debía codiciarla, estaba bien que lo hiciera, era lo que le pedían, lo que esa hembra hermosa y su marido, los dos, le pedían. "Seguime", dijo ella.

Entraron en el dormitorio. Había un velador encendido. Laura lo señaló y dijo si lo dejaba así o lo apagaba, como vos prefieras. "Prefiero verte", dijo Mario. Él tenía una camisa celeste, de mangas cortas, y dos manchas de sudor, oscuras y fuertes, le surgían desde las axilas. A ella, eso, le gustó. No le hubiera gustado en Leandro, pero le gustó en Mario. Porque a ella también le gustaba él, siempre le había gustado y era también maravilloso o abyecto que esa noche, además, debiera gustarle. "Sacate la camisa", le dijo. Ella se sacó el leve vestido que llevaba y se quedó en enaguas. Se acercó a él. Extendió sus dedos hacia su boca y le acarició, como si los dibujara, los labios. Dijo: "Tenés linda boca". Dijo: "Oíme, hay una sola manera de hacer esto. O lo hacemos bien o el hijo no viene". Lo besó en los labios, suavemente, una y otra vez, y siguió hablándole con su boca sobre la de él, con un aliento que ardía como la noche y como su cuerpo. "No pienses en nada. Ni en Leandro ni en tu mujer", dijo. "Esta noche tu mujer soy yo. Si hacés conmigo lo que hacés con ella, todo va a ser perfecto. Todos vamos a ser felices". Hundió las manos en sus cabellos y se sintió arrastrada por el éxtasis de las grandes historias cuando dijo: "Hazme tuya, Mario".

8

Se despidió de Luciano y salió por la puerta lateral que utilizara para entrar. No habían trabajado mucho, dejaron el inventario por la mitad y el calor y la humedad de esa noche agobiante fueron las excusas que Leandro puso para suspender el trabajo y decir seguimos otro día, uno en que por lo menos se pueda respirar, y cuando Luciano le ofreció terminar la otra cerveza, la que aguardaba en la hielera, pareció fastidiarse y le dijo me quiero ir a dormir, tomátela vos y no te duermas tarde que si no mañana andás boleado hasta el mediodía, frase que no le gustó a Luciano, que lo llevó a pensar que ya Leandro empezaba a tratarlo como lo trataba Graeff, como a un viejo o como a un tipo que, sin duda, largamente había dejado de ser joven y al que era necesario recordarle cosas elementales, como dormir bien y despertarse a la mañana, algo tan sencillo como eso, algo que sólo un hombre deteriorado por la edad puede ignorar. Se despidieron con indiferencia o cansancio, tal vez con las dos cosas. Leandro subió al Ford y se fue.

No regresó a su casa. Era temprano todavía, eran las dos de la mañana y le había dicho a Laura que regresaría a las tres o más, que había acumulado mucho trabajo para esa noche, que quería llegar cuando ella durmiera, que lo mejor sería hablar o no hablar al día siguiente y Laura respondió mejor será no hablar, cuanto menos hablemos de esto menos vamos a sufrir, porque lo único que importa es que venga el hijo que nos hace falta y hablar de esto sólo va a servir para herirnos, así que júrame que de esto no hablamos, lo hacemos y no hablamos nunca más y él se lo juró, le dijo no hablamos nunca más, te lo juro, le dijo, nunca más, y ahora detiene el Ford a un costado del camino y apoya la cabeza sobre el volante, como si reposara, pero agobiado por el calor y los pensamientos insalvables, porque es como si la viera, como si la hubiera visto, en ese cuarto, el suyo, el de ellos, en esa cama, la de ellos, pero no con él, con el otro, con el potente, con el potro, como había dicho el maldito viejo, el potro, el que le hace un hijo a una mujer con sólo mirarla, y la habrá mirado desnuda en esa cama, la suya, a ella, y se la habrá cogido el muy hijo de puta, total, él se lo había pedido, te voy a hacer rico, le había dicho, mi socio si te cogés a mi mujer, y el otro, el potro, con esa pija enorme que tiene, que se la vi ahí, en el río, cuando le gané la pulseada, esa pija enorme, el muy turro, la verdadera pulseada me la ganó él, me la ganó esta noche, en mi cama, cogiéndose a mi mujer, el muy turro, y yo se lo pedí, y ella aceptó, no dijo ese tipo me da asco, si le hubiera dado asco no habría aceptado, algo le tiene que gustar para consentir que le haga el hijo, para no haber dicho Mario no, cualquier otro pero Mario no porque Mario me da asco, pero no, no le da asco, le gusta, al menos lo necesario como para no decir con él no, y el muy turro aprovecha, aprovecha la desgracia del patrón y se le mete en la cama de la mujer y se la coge, se coge a la mujer del patrón, y ella lo acepta, ella se deja, por amor, dice, por amor, la muy puta dice por amor pero por amor se dice otra cosa, se dice no por amor, se dice me repugna cualquiera que no seas vos, se dice me repugna sobre todo Mario Bonomi, porque Mario Bonomi te humilla y te robó el amor de tu padre, y le dio los hijos que el viejo quería y ahora quiere adueñarse de todo, de Graeff, del negocio y hasta de tu mujer, el muy turro, y lo consiguió, consigue todo, se lo ganó al viejo y yo le di mi mujer y se la cogió, esta noche de mierda, con este calor de mierda, en nuestra cama de mierda, para hacerle ese hijo de mierda que me pide el maldito viejo de mierda, para hacerle ese hijo a esa puta mentirosa, que jura que lo hace por amor, que todo es por amor y que no le pregunte nada porque todo fue por amor y porque la voy a herir si le pregunto, la voy a molestar, pobrecita, quiere quedarse con su secreto, quiere que el potro se la coja y no decirme nada, si le gustó, si lo abrazó, si lo besó, si lo besó en la boca, decime eso, puta de mierda, decime si lo besaste en la boca, porque eso no hacía falta y si lo hiciste, si lo besaste en la boca, es porque sos peor que una puta, porque si lo besaste en la boca yo no te beso más, porque no te voy a besar la boca que te besó él, porque tendría que estar enfermo para hacer algo así, una porquería como esa, enfermo.

Cuando entró en el dormitorio ella dormía, o fingía dormir. Se cambió en silencio, en la oscuridad, y se acostó a su lado. Permaneció boca arriba, esperando que sus ojos se acostumbraran a las sombras. Al rato, vio un punto terroso en el techo, algo impreciso pero inevitablemente visible, quizás una mancha de humedad. Ahí clavó sus ojos. De pronto, oyó que ella decía: "No sufras. Ya está. Era lo que queríamos y ya está. Dormí tranquilo". Amaneció y él todavía miraba ese punto en el techo, y no había cerrado los ojos, no había dormido ni un instante, todo el tiempo mirando ese punto, un punto terroso, que ahora, con las primeras luces del día, veía que no era eso que creyera ver, que no era una mancha de humedad, sino una tela de araña, una delgada, trabajosa tela de araña. Se propuso destruirla no bien se levantara.

Capítulo séptimo

1

No fue una *mujercita*. Fue, además, un parto difícil, demorado, que llenó a todos de angustia. El médico se disculpó: había calculado mal, creía que la criatura nacería antes y no fue así, de modo que Graeff tuvo que esperar y preocuparse y sorprenderse pensando que Mario Bonomi ya no era tan infalible, ya no tenía tanta suerte, y más aún lo pensó cuando el resultado del parto no fue el que todos esperaban, el que él esperaba, el que él había pedido, no fue una mujercita sino un varón, otro varón que se añadía a los tres varones que ya tenían Mario y Leonor, de modo que todo estaba listo para la gran noticia, listo para que el anuncio de Leandro fuera reparador para su padre, que venía de esa desilusión, de no haber tenido su *mujercita*, de no haber logrado que Mario le cumpliera una vez más, listo para que apareciera Leandro para satisfacerlo, para cumplirle, para darle la gran noticia, la excepcional noticia que le dio dos meses después de esa noche de calor, de dolor, de humillación, de esa noche inevitable, en la que todos hicieron lo que tenían que hacer, Laura entregarse a Mario, Mario poseerla y hacerle un hijo y Leandro vagar por ahí, estar primero con Luciano, bebiendo una cerveza, haciendo ese inventario, ese absurdo inventario de cables eléctricos, saliendo a la noche, subiendo al Ford, deteniendo el Ford y largándose a pensar las cosas más atroces, las peores cosas sobre Laura, sobre Mario, sobre su padre y sobre él, que había aceptado que todo fuera así, que lo había aceptado para complacer a su padre, para darle lo que quería, eso que dos meses después, en el Gran Almacén, en la oficina de Graeff, sentándose frente a él, mirándolo desde el otro lado del escritorio, habría de decirle, ya que le diría papá tengo algo que contarle, algo que lo va a poner muy contento porque es algo que usted me pidió y a mí me alegra darle, porque es mi deber de hijo dárselo, porque sé que usted lo quiere y yo también lo quiero, yo quiero un hijo y usted quiere un nieto y eso es lo que Laura ya está esperando, mi hijo, su nieto, papá, porque Laura está embarazada y, si Dios lo permite, habrá de dar a luz dentro de siete meses, para alegría de todos, papá, pero sobre todo suya, que tanto ansiaba esto.

Graeff lo miró con una extrañeza que fue dolorosa para Leandro, porque expresaba hasta qué punto su padre ya no esperaba de él lo que ahora él le cedía. Pero fue apenas un ramalazo, tan poco duró. Porque Graeff abrió un cajón del escritorio, extrajo una caja de cigarros y convidó uno a Leandro diciéndole: "Yo sabía que esto iba a pasar. Me estás dando la más enorme alegría de mi vida". Encendió el cigarro de Leandro, luego el suyo y continuó: "A veces lo bueno demora, se hace desear pero llega. Y cuando llega al fin de un camino largo, difícil, uno entiende que todo tuvo un sentido, valió la pena, uno sabe que esperó para que la alegría fuese más grande". Leandro no dijo nada, se lo quedó mirando a su padre, lo miraba y fumaba y ni una palabra se le ocurría decir porque lo único que repiqueteba en su cabeza era eso que su padre había dicho. Eso tan breve, tan poderoso, que tanto, él, necesitaría creer: *todo tuvo un sentido, valió la pena.*

2

Graeff hizo una reunión íntima en su casa; sólo algunos familiares, muy pocos amigos. La gran fiesta, dijo, la gran fiesta, confesó, que no les hice para el casamiento, la gran fiesta que les debo, la vamos a hacer cuando nazca la criatura, cuando venga al mundo el niño que todos esperamos y que a todos nos traerá la felicidad definitiva. Estaban los padres de Laura, estaba Luciano y estaban Mario Bonomi y su mujer. Bebieron un champagne fresco, lleno de burbujas jubilosas, brindaron por la felicidad aún futura pero inminente, por el nacimiento del hijo, del nieto de Pedro Graeff (muchos, tal vez todos, festejaban ese día, antes que al hijo de Leandro y Laura, la segura llegada a este mundo del nieto de Graeff, del nieto que tanto deseaba y lo haría feliz y acaso devolviera a María Graeff la alegría perdida) y todos, como correspondía, besaron a la futura madre y felicitaron al futuro padre.

Mario Bonomi se acercó a Leandro, alzó su copa y lo miró mansamente, como sumiso, lo miró como si supiera que cualquier cosa que dijese en ese momento habría de herirlo, de modo que dijo apenas te felicito. "Te felicito, Leandro", le dijo. Y Leandro no respondió, no dijo gracias, no dijo nada porque nada podía decir, salvo sentir que la felicitación de Mario, tan tersamente dicha, era un agravio, sentir que todo cuanto dijera Mario de ahí en más tendría un sentido aciago, ominoso, que ninguna de sus palabras volvería a decir sólo lo que decía sino siempre algo más, algo que señalaría las tinieblas, que invocaría el dolor, la humillación.

Se juró salir de ese infierno. No bien vio el rostro del abismo (y lo vio esa tarde, cuando Mario elevó su copa y le dijo te felicito) decidió que no habría de caer en él. Al cabo, él seguía siendo el patrón, el hijo que vendría sería suyo, volvería a conquistar (*ya lo había conquistado*) el respeto de su padre y nadie, jamás, conocería el modo en que habían ocurrido las cosas. Había triunfado.

3

Una semana después –atardecía y cerraban las cortinas metálicas del negocio–, Graeff lo invitó a subir a su Ford, a dar un paseo, dijo, quiero mostrarte algo. Dieron algunas vueltas por el pueblo, pasaron frente al *Grand Palace*, que anunciaba una película de Greta Garbo, Graeff hizo sonar la bocina para saludar a Sanmartino y Sanmartino (que estaba con unos amigos, frente la puerta del cine, diciéndoles, posiblemente, que como Greta Garbo ninguna, ni Gloria Swanson ni Joan Crawford ni menos Jean Harlow, que era una melenita rubia y nada más porque de actuación nada, no sabía ni cómo pararse, aunque sí, era linda y una mujer linda siempre se respeta, ustedes qué piensan) los saludó agitando la mano y con esa sonrisa que de tantos y tan seguidores amigos solía rodearlo, algunos por su sonrisa y otros porque hasta tal extremo los deslumbraba el cine que aceptaban escuchar las historias de Sanmartino más de una vez, de cuatro o de cinco con tal de entrar gratis al santuario del *Grand Palace*. Como sea, todos buena gente y buenos vecinos del pujante pueblo. Que pronto –según anunciara Sanmartino, nadie sabía si en serio o en un arranque de entusiasmo sin mesura– habría de inaugurar otro cine, dedicado a los niños únicamente, con dibujos animados y seriales. Porque no hay nada que los pibes no se merezcan, decía Sanmartino y esa tarde, al verlo, Leandro habría de preguntarle a Graeff si era cierto eso del cine para los niños y Graeff le diría que sí, que era cierto, que él había decidido respaldar esa idea de Sanmartino casi el mismo día en que se enteró de la cercana ventura de ser abuelo, de tener el nieto que tanto quería, al que habría de llevar a ese cine para que viera dibujos y películas en episodios, para que se divirtiera con su abuelo, quien, alguna vez, le confesaría que ese cine estaba ahí por él, porque si él no venía no venía el cine.

Graeff detuvo el Ford cuando llegaron a las inminencias del monte. Bajó, cerró la puerta sonoramente, abrió el baúl y dijo: "Vení, Leandro, quiero que veas esto". En el baúl había un estuche de madera clara y brillosa. Leandro supo enseguida que era una escopeta, pero dejó que Graeff lo sorprendiera. Graeff agarró el estuche y lo tendió hacia su hijo y con una voz que lo traicionó, pues le salió quebrada por la emoción, por una emoción que no quería traslucir tan abiertamente, dijo esto es para vos, para agradecerte, Leandro. Y Leandro abrió el estuche y lo que ahí había era una escopeta Krupp calibre 16, algo que podía ser el sueño de cualquier cazador y que en algún momento –cuando sus tormentos no lo habían todavía desviado de los placeres de la caza– fuera el suyo.

Leandro no supo qué decir. Sabía que Graeff le entregaba algo muy importante, que valoraba mucho, pero, simultáneamente, le pareció absurdo decirle gracias, ya que era Graeff quien le decía gracias a él con ese regalo opulento. De modo que extrajo la escopeta del estuche, la cargó, apuntó hacia la más alta rama del árbol más cercano, hizo fuego y la rama se quebró en astillas estridentes. Miró a su padre y dijo: "Tiene una precisión formidable". Graeff sonrió ampliamente, palmeó a su hijo y su comentario fue inapelable: "Con eso no podés errarle a nada".

4

Cierta tarde pasó a visitar a su madre. Ella estaba al piano y tocaba un vals, pero no era el de siempre, ese de Chopin, era otro, menos triste, casi brillante. Ella se detuvo cuando él entró y a su pregunta respondió es de

Schumann, del *Carnaval,* hace algunos días que lo estoy tocando, querés un té o una limonada o pedime lo que quieras. Él se sentó en el sillón de siempre, el que parecía hecho para su cuerpo, y le dijo que no quería nada, sólo preguntarle si está contenta, mamá, si ahora que va a ser abuela, que va a tener un nieto, se va a sentir mejor, va a recobrar su alegría, va a ser como antes. Ella fue hasta la cocina y se trajo un vaso de limonada. Se sentó en el taburete del piano, bebió un par de sorbos, miró a Leandro y con voz apagada, con una voz que era para decirle que le estaba diciendo algo ya dicho, algo que él no debió preguntarle porque ya lo había hecho y ella había respondido hacía tiempo, del mismo modo en que ahora lo hacía, ahora al decir: "Yo siempre fue así". Bebió otra vez y luego dejó el vaso sobre una mesita. Y dijo: "No puedo recuperar algo que nunca tuve". Él iba a confesarle que Graeff le había dicho otra cosa, pero eligió callar. Ella dijo: "El que siempre quiso tener nietos fue tu padre". Se encogió de hombros y añadió: "No me preguntes por qué". Él se animó a decir y lo que dijo lo dijo con el dolor de la imprudencia, acaso de lo innecesario: "Es evidente por qué", dijo. "Cuando yo nací usted quedó infértil, mamá. Por eso él necesita que yo le dé mis hijos." María Graeff lo miró con una fatiga súbita, definitiva. Y luego, con un hilo de voz, dijo: "Si sabés eso, sabés más que yo". Giró lentamente y volvió a tocar ese vals, no el de Chopin, el de Schumann, el del *Carnaval,* que era brillante pero que ahora, a Leandro, le sonó aún más triste que el de Chopin.

5

Pasaron dos meses más. Graeff se volvió cuidadoso con Laura, quizás en exceso. Solía visitarla en cualquier momento, llevarle regalos, preguntarle cómo estaba, cómo se sentía, si todo seguía bien. A veces, incluso, la acompañaba al médico, al buen médico del pueblo vigoroso que no había crecido tanto aún como para tener el servicio de maternidad que pudiera serenar a Graeff, asegurarle que nada imprevisto habría de ocurrir. De modo que les propuso a los futuros padres viajar a Buenos Aires unos quince días antes de la fecha del parto, instalarse ahí y hacer todo lo que sería necesario hacer en el Hospital Alemán, como Dios manda, dijo. Lo dijo una noche en que se quedó a cenar en casa de los jóvenes, tanto era lo que había acompañado a Laura ese día, tan tarde se había hecho. Comieron abundantemente y bebieron un vino cálido que despertó, en Leandro al menos, la osadía de las conversaciones inoportunas.

Poco era lo que hablaba de política con su padre. A lo sumo se dedicaba a escucharlo y como llevara tanto tiempo escuchándolo escasamente le sacaba esos temas porque le daba alguna pena comprobar cuánto se repetía, qué poco habían cambiado sus ideas pese a los hechos vertiginosos que el país viviera en los últimos dos o tres años. Sin embargo, esa noche, impulsado por ese vino cálido y por algunas pasiones oscuras, lentas, que recién se insinuaban, que apenas exhibían el rostro terrible que habrían de tener cuando acabaran de dibujarse, de tornarse sólidas y explotaran, esa noche quebró una promesa que se hiciera y le habló de Yrigoyen y de esa historia negra que le habían contado, que había exigido al Ejército que fuera a la Patagonia y masacrara a unos indefensos huelguistas, que Yrigoyen, dijo, hizo eso, me lo contaron en Buenos Aires, un proveedor, un hombre culto, que parecía saber de qué hablaba, qué piensa usted, papá, dígame si eso es cierto. Graeff apoyó prolijamente los cubiertos sobre la mesa, se bebió algo de vino y dijo: "¿Vos creés eso de Yrigoyen?". Calmo, mirándolo a los ojos, sin amedrentarse, Leandro respondió: "Se me hace difícil. Pero estoy descubriendo que los políticos son gente cambiante, capaces de muchas cosas. Cosas buenas y malas". Levantó las cejas, intencionado, se encogió de hombros y agregó: "Quién le dice, papá. Puede que hasta Yrigoyen haya hecho cosas malas". Laura se mantenía en silencio, tensa, pues esa conversación la incomodaba en extremo. Supo, sin embargo, que no habría de durar mucho. Lo supo no bien Graeff dijo: "No me parece conveniente que hablemos esto adelante de Laura. No se habla de matanzas en presencia de una mujer que espera un niño. Deberías haber pensado en eso". "Lo pensé", dijo Leandro. "Pero me interesa su opinión, papá." Graeff dijo: "El que te charló sobre esa historia te dijo lo que dicen los enemigos de Yrigoyen y lo que dicen los del Ejército para borrar su culpa. Esas matanzas, si ocurrieron, Leandro, porque no hay que creer en todo lo que se dice por ahí, si ocurrieron y fueron tantas, las hizo el Ejército y no Yrigoyen. Yrigoyen no ordenó matar a nadie, sólo llevar a los obreros de nuevo al trabajo". Se detuvo, volvió a beber su tinto, hizo un gesto desdeñoso, un chasquido sonoro, y con los dientes apretados, con cierta furia dijo: "Además, esos peones del sur... Todos chilenos, Leandro. Todos chilenos revoltosos. Gente que en lugar de trabajar organiza huelgas". Suspiró, también sonoramente y dijo: "Preferiría hablar de otra cosa". Leandro dijo: "Como usted quiera, papá". Media hora después, luego de besar con gran cariño a Laura y estrechar la mano de su hijo, Graeff se iba.

Laura sacó los platos y los puso en la pileta. Se sirvió granadina y fue hasta el patio, donde estaba Leandro. Dijo: "Puede que yo tampoco tenga que hablar de esto. Puede que sea tan incómodo como eso que te animaste a decirle a Graeff. Porque sabés que fue una imprudencia. Sabés que lo quiere a Yrigoyen como se quiere a un padre". Leandro sonrió y dijo: "¿Y cómo se quiere a un padre?". Laura se encogió de hombros: "No me interesa hablar de eso. Es otra cosa lo que quiero decirte". "Sí", dijo Leandro. "Una imprudencia. ¿Vos lo dijiste, no? Algo tan imprudente como lo que yo le dije al viejo." "Tal cual", dijo Laura. "Bueno, decilo", dijo Leandro. Ella dijo: "¿Cuándo vas a volver a tocarme? Desde esa noche que...". Leandro, con brusquedad, la interrumpió: "Sé muy bien lo que no hago desde esa noche". Apoyó su cabeza en el respaldo de la silla, miró vagamente las estrellas, luego miró a Laura y dijo: "Después que nazca la criatura". Ella preguntó por qué. El dijo porque sí. "Porque sí", dijo, se puso de pie y se fue hacia el dormitorio. Ella no se atrevió a decirle que la hacía sentir sucia.

6

Eran los primeros días de julio de 1933 y nadie ignoraba que el gran Viejo, ese hombre recóndito, tramado por los silencios, los misterios y las frases extravagantes (solía, por ejemplo, decir "funestos vaticinios de tormenta colman de sombras el futuro incierto de nuestra patria") se moría. Pedro Graeff viajó a Buenos Aires, se alojó donde siempre, en el City, pero pasó la mayor parte de su estancia en el piso de su amigo Salvador Giménez, en la Avenida de Mayo, comentando los sucesos que provocaba la partida de este mundo del Padre de los Pobres, como también se le decía a Yrigoyen. Giménez, que había sido alvearista, enemigo del gran Viejo, y entusiasta de la revolución de septiembre, se veía descreído y hasta socarrón, incluso cínico. No acompañó a Graeff hacia el domicilio del gran Viejo, en la calle Sarmiento, donde la multitud esperaba noticias, que sin duda serían malas. "La noticia de la muerte del Viejo será la más maravillosa para este pueblo de mierda", diría Giménez. "Ya verá, Graeff. No me equivoco. Todos quieren que se muera para poder llorarlo y aliviarse las culpas. Este pueblo no tiene ni honor ni pelotas para soportar el dolor de la culpa. Créame, sé lo que le digo." Graeff sabía que la multitud había saqueado el humilde domicilio de Yrigoyen el día de la revolución, que había injuriado su hogar, arrojado sus pertenencias a la calle y proferido los más horribles insultos, las más desmedidas guarangadas que era posible imaginar. Ahora, en este 3 de julio, todos esperaban anhelantes los avatares de la salud del Viejo, muchos rezaban por su recuperación, las mujeres lloraban, otros cantaban el Himno Nacional, ¿todo eso era falso, como sostenía Giménez, todo era una representación para lavar las culpas por las injurias de ayer? Graeff no lo creía así. Pero tampoco ignoraba que no quería aceptar esa verdad, que no podía, por el Viejo y por el pueblo de la patria, porque, en suma, no quería compartir la visión áspera, inmisericorde de Giménez, que también tenía motivos para decir lo que decía, para estar así, sumido en la negrura y el pesimismo, ya que él también había injuriado al gran Viejo, le había dicho viejo verde, putañero y senil, y aún hoy, cuando le llegó esa versión de las quince mil mujeres, y Graeff estaba con él cuando la recibió, cuando le dijeron que quince mil mujeres esperaban ansiosas, algunas rezando, noticias sobre la salud del gran Viejo, dijo, con una ironía cruel dijo serán todas las que se cogió durante los dos años de la segunda presidencia, y Graeff le dijo amigo Giménez no ofenda a un hombre ilustre, tenga respeto por la hombría de bien de un moribundo, y Giménez se calló pero le dijo que él no iba a la calle Sarmiento, que para él era lo mismo que el Viejo se muriera ahora o estirara la pata dentro de diez años, que nada cambiaría en el país, porque ya nada, abundó, puede cambiar.

A las ocho de la noche del día tres todos sabían ya que Yrigoyen había muerto. Lo embalsamaron y lo enterraron en la Recoleta el día seis. Graeff acudió y consiguió arrastrarlo a Salvador Giménez. Una marea humana (frase que utilizarían todos los diarios) llevó el féretro desde el Congreso hasta la Recoleta. Ahí, el primero en hablar fue Alvear y dijo que le dolía ver partir a un amigo de más de cuarenta años, a quien había querido y admirado, y dijo que Yrigoyen era como la cordillera de los Andes, que era una cumbre inaccesible a las mezquindades que pretendían empañar su memoria, porque su memoria estaba para siempre incorporada al panteón de nuestros grandes próceres, y no bien dijo esto Giménez le dijo a Graeff que se iba, me voy porque si me quedo el asco me va a hacer vomitar, lo espero en mi casa, amigo Graeff, aguante usted, si quiere, este festín de mentiras, esta parranda de canalladas, yo no puedo. Graeff quedó solo, en medio de la muchedumbre estremecida, y lamentó la actitud de su amigo, porque, más allá de los discursos y las palabras ocasionales, grandilocuentes, emocionaba ver al pueblo de la patria despedir con tanto dolor, con tanto amor al más grande de sus hombres. No me joda, le diría Giménez, ¿cómo puede usted tolerar que Alvear, justamente Alvear, que fue enemigo del Viejo toda su podrida vida, que estuvo con los milicos, que estuvo con Uriburu, que apoyó el golpe de septiembre, le venga a decir a toda esa multitud enferma de culpa y estupidez que quiso y que admiró a Yrigoyen durante más de cuarenta años? Mentira, Graeff, mentira, son políticos, son mentirosos, son infames. El Viejo putañero se murió solo y todos los que lo rodearon hoy son hipócritas, porque este es un pueblo de hipócritas, Graeff, porque no pueden llorar como han llorado a un pobre hombre al que hace apenas tres años echaron a patadas, destrozaron su casa, cubrieron su vencida persona de los peores insultos imaginables, son hipócritas, Graeff, y sobre todo son cobardes, cobardes incapaces de admitir y tolerar que fueron unos canallas y ahora quieren limparse, hacer del Viejo un santo y volverse sus creyentes para olvidar que ayer lo escupieron.

Graeff abandonó la casa de Giménez y caminó hacia el Hotel City. En una esquina, algunos hombres y mujeres de condición humilde habían colocado un gran retrato de Yrigoyen y lo habían rodeado de velas. Arrodillados, en silencio, rezaban. Graeff permaneció largamente mirándolos. Sintió que eso era la inmortalidad. Se preguntó, inesperadamente, qué restaría de él en este mundo cuando partiera, quién lo recordaría, quién pondría una vela bajo su retrato, quién rezaría por su memoria.

Al día siguiente regresó a Ciervo Dorado. Pero antes de abandonar Buenos Aires no dejó de echarles a sus calles y a su gente algunas miradas indiscretas, alimentadas por la curiosidad. Todo estaba como siempre. Era un día como cualquier otro. Conjeturó que Salvador Giménez diría: "Ya está, ya pasó. El gran pueblo hipócrita y cobarde olvidó al gran Viejo putañero. Si de algo sirve llorar, amigo Graeff, es para olvidar el pasado y sepultar las culpas".

¿Sería así?

Durmió durante todo el viaje.

7

No había aparecido en toda la mañana y, cuando cerca del mediodía lo vio llegar, Leandro supo que Graeff venía en busca de algo. Se le había antojado ir de caza al viejo. Vaya uno a saber por qué, pero era eso lo que quería. Leandro dijo que no, que aún tenía trabajo por hacer, que debía ir a su casa a almorzar, que el sol apretaba fuerte a esa hora, todo eso dijo y nada logró desanimar a Graeff. Sólo algo alentó a Leandro, sólo algo le hizo decir que sí: Mario Bonomi no estaba, andaba por las afueras del pueblo entregando materiales, de modo que irían él y su padre, como antes, como cuando él no lo compartía al viejo con nadie, como cuando el viejo no era el viejo. Le dijo que habría de pasar por su casa para buscar la escopeta y ponerse las botas. "Aunque sea las botas", dijo con cierta sequedad, como si le señalara a Graeff hasta qué punto era repentino, azaroso su pedido. Como si le señalara su capricho. Entonces Graeff rió sonoramente y dijo: "Así somos los viejos. Estamos llenos de caprichos". Frase que sorprendió a Leandro, pues era la primera vez que su padre se aceptaba como un viejo, se nombraba a sí mismo como a un viejo, porque en lugar de decir *así soy yo* había dicho *así somos los viejos* y esto era nuevo, era sorprendente. Leandro no sabía, no podía saber, que la muerte de Yrigoyen había despertado en Graeff no el deseo, pero sí el respeto por la vejez. Que ahora, cuando decía *viejo*, pensaba en la sabiduría casi santa de Yrigoyen, veía a las multitudes adorándolo, evocaba a esos hombres y a esas mujeres allá, en la calle, frente al retrato del gran Viejo, encendiéndole velas y rezando. Para Graeff, ahora, luego de la muerte de Yrigoyen, la vejez era una forma de la santidad. Y posiblemente fuera esta extraña creencia la que marcara irreparablemente el inicio de su propia vejez.

Subieron al Ford y se detuvieron en lo de Leandro. Graeff entró para besar a Laura, para preguntarle lo que siempre le preguntaba, cómo se sentía, si comía bien, si dormía bien, diez o doce horas por lo menos, si respiraba el aire de la mañana, todas preguntas a las que Laura sólo tenía que responder sí, con una sonrisa, con cierta fatiga, con resignación, sí. Apareció Leandro con las botas y con la escopeta Krupp 16, subieron otra vez al Ford y partieron.

Como siempre, dejaron el auto en las inmediaciones del monte y empezaron a caminar. Graeff llevaba su drilling Merkel, esa escopeta-rifle que lo llenaba de orgullo. De pronto se detuvo, giró y miró hacia el pueblo. No era mucho lo que se veía, ya que el monte formaba parte de la misma llanura. Sin embargo, acaso porque extrañamente dibujaba una geografía algo más elevada, era posible divisar los techos del gran almacén, la dilatada manzana que cubría. "Mirá", dijo el viejo. "Hasta desde aquí se lo ve".

Había un árbol, había algo de sombra y un tronco para sentarse. Graeff se sentó y le dijo a Leandro que no se sentaba porque estuviera cansado sino para comentarle algo, un par de cosas, nada más. Y le habló de Yrigoyen. Pero no le contó todo lo que había visto, sino algo más intangible, lo de esos hombres y esas mujeres encendiendo velas a los pies del retrato y rezando. Le dijo que uno, cuando tiene los años que tengo yo, se pregunta qué va a dejar en este mundo. Y agregó: "Ahora, con la alegría que vos me vas a dar, sé que mi vida se prolonga. En la tuya y en la de tu hijo. Pero hay otra cosa". Movió quedamente la cabeza, como si meditara. "Hay otra cosa", repitió. Y dijo que no le faltaban bienes, que, vos lo sabés, tengo tierras, y ganado y maquinarias, pero eso no importa, porque lo que va a quedar de mí es lo primero que hice en este pueblo, lo que hice casi con mis manos, porque yo puse el primer ladrillo y también puse el último, eso que vemos ahora, Leandro, el Gran Almacén, eso va a quedar, y ésa es mi marca en la tierra. Se le llenaron los ojos de lágrimas. Y dijo: "Perdoname, los viejos tenemos tendencia a lagrimear". "Usted no es viejo, papá", dijo Leandro. "¿Desde cuándo se le ha dado por ser viejo?" Graeff no lo miró. Seguía mirando la lejanía, los techos remotos del Gran Almacén. "Buena pregunta", dijo. "¿Desde cuándo? Qué sé yo. Desde que se murió Yrigoyen, creo. Desde que me despierto y lo primero que pienso es que algún día me voy a morir". Leandro dijo: "Usted no es Yrigoyen. Yrigoyen tenía casi ochenta años. Era un viejo y un derrotado. Usted no es nada de eso, papá". Graeff sintió un orgullo imprevisto. Tenía razón su hijo. Además, ¿de esa forma, como un viejo, recibiría a su nieto? Agarró la escopeta, se puso de pie y se metió monte adentro. "Vamos", dijo.

Anduvieron errando durante una larga media hora. Sólo Leandro cazó unas martinetas y un par de perdices que colgaron en el morral de Graeff, pues él no había traído el suyo, tan rápido lo había sacado el viejo de su casa. El sol era seco y duro, ya no caía vertical pero igual castigaba. No cruzaron palabra por casi una hora. Hasta que Graeff se detuvo y con una certidumbre densa, final, dijo: "Ahí está". Ahí estaba. El viejo ya lo había visto aparecer y desaparecer fugazmente, como una pincelada destellante entre la vegetación. Por eso no dijo nada. Quería estar seguro. Varias veces, en todos los años que llevaba cazando en ese monte, había visto destellos fugaces, que parecían denunciar lo maravilloso pero no lo eran. Sólo eran visiones fugitivas, artilugios que su deseo desbocado incorporaba a la realidad, pero no la realidad, no él. Esta vez, sí. Esta vez era él. Era el ciervo dorado y estaba a menos de cincuenta metros y tenía un porte magnífico, una cornamenta de catorce puntas, astas inmensas.

Graeff dijo a Leandro: "No hagas nada. Es mío. Además, tu escopeta no puede matarlo". Miró al ciervo como si mirara un gran cuadro en un gran museo. Dijo: "Es maravilloso. Más de lo que había imaginado". Preparó su drilling Merkel. En voz muy baja, como para sí, dijo: "Sabía que hoy lo iba a encontrar. Tenés razón, Leandro. No estoy viejo. Ningún viejo tiene un olfato tan infalible". Miraba al ciervo y ya calculaba el ángulo de tiro. Todavía dijo: "Sólo un gran cazador adivina el día en que va a encontrar su gran presa. La presa de su vida". Hizo una pausa y luego, con solemnidad, añadió: "El ciervo dorado". Leandro no decía nada. Pensaba que el viejo no sólo estaba viejo, sino que se había vuelto loco. No había ningún ciervo dorado en ese monte. El viejo veía visiones.

8

El primer disparo sólo logró espantarlo. El ciervo dio un respingo y se metió entre los matorrales, entre esa endemoniada espesura que lo protegía. "¡Carajo!", rugió Graeff. "Brilla tanto que enceguece". Porque era eso lo que le había ocurrido. No había sido su mala puntería sino ese brillo desatinado del ciervo, que era como un sol, como el mismísimo sol que ahora brillaba en lo alto y sofocaba. Graeff empezó a correr. No se le iba a escapar. Ni aunque brillara y enceguciera como veinte soles, no, ese día sería suyo, llevaba años esperándolo, no lo iba a perder hoy. Siguió corriendo. Algo gritaba Leandro a sus espaldas, pero no le importó, Leandro no tenía nada que ver con esto, esto era entre él y ese ciervo al que cazaría como fuera, aunque tuviera que perseguirlo hasta los confines de la Tierra. Lo vio detenerse otra vez. Lo vio alzar la cabeza prodigiosa y lo vio mirarlo, vio que clavaba en él su mirada, como si lo desafiara, como si no creyera que fuese capaz de matarlo. Se detuvo, apuntó, hizo fuego. Otro respingo del ciervo, un salto majestuoso, con toda esa cornamenta en lo alto, casi cubriendo el sol, ese sol que se filtraba entre las astas y hería los ojos, porque era un sol cruel, de los peores, porque nadie caza a esas horas, así, con ese sol, pero qué culpa tenía él si ése era el momento, el increíble momento en que por fin había aparecido el ciervo, si nunca había aparecido antes, sólo ahora, bajo ese sol cruel y enceguecedor, que enceguecía tanto como él, como el podrido, maldito ciervo, que saltaba y corría y aparecía y desaparecía y nunca ofrecía un buen flanco, moviéndose siempre. Siguió corriendo. Algo, a sus espaldas siempre, gritaba Leandro. Lo oyó, lejanamente lo oyó. Gritaba: "¡No corra más, papá! ¡Pare! ¡No corra más". Gritaba como un loco. Y debía estar loco. ¿Qué quería? ¿Que no matara al ciervo? Otra vez hizo fuego.

Pero esta vez al acaso. No donde estaba el ciervo, sino donde él sospechaba que debía estar. Y esta vez no lo vio saltar, había desaparecido. Siguió corriendo. No se le iba a escapar. Años esperándolo. Años esperando lo que ahora sucedía. El ciervo, ahí, a pocos metros, destellando como destellaba el sol de esa tarde caliente. Otra vez lo vio. Y otra vez el ciervo lo miraba y le ofrecía un blanco perfecto, ya que parecía empeñado en exhibirle su imagen increíble. Esa vanidad lo perdería al muy hijo de puta, esa vanidad de creerse hermoso, inalcanzable, un dios. No se detuvo para apuntar, no podía dejar de correr, lo mataría a la carrera, acortaría las distancias, lo mataría casi a quemarropa. Ahí estaba, era suyo, sólo tenía que levantar la escopeta, esa escopeta que cada vez pesaba más, que estaba a punto de caérsele, levantar la escopeta y hacer fuego, otra vez, la última. Cayó de boca sobre la tierra, creyó ver, todavía, un destello dorado, pero supo que había perdido el arma, y supo también que se ahogaba, que algo le había estallado en medio del pecho y se oyó decir, a borbotones, como si escupiera las palabras, me muero, me muero y quedó sobre la tierra, los brazos muy abiertos y los ojos quemados por ese sol despiadado.

9

Leandro lo alzó con sus brazos fuertes, con esos brazos fuertes que nunca pensó servirían para alzar a su padre moribundo, al viejo loco que había corrido tras una visión imbécil, tras una leyenda de borrachos, como un idiota había corrido, como un viejo estúpido que busca vaya uno a saber qué, qué mierda quería ahora, qué carajo le faltaba ahora, para qué quería al ciervo dorado, la vida eterna y la puta que lo parió si ya tenía tenía todo, tenía el nieto, todo lo que había pedido, todo lo que él le había dado, viejo de mierda, no te vas a morir ahora, ahora no.

Lo metió en el Ford y aún vivía. Tal vez no muriera. Tenía los ojos enrojecidos y una baba espesa y blanca le caía desde la boca. Todavía, estúpidamente, escupió esas palabras de cobarde, de viejo cagón: "Me muero". Leandro lo agarró de los hombros y lo sacudió violentamente. Y violentamente dijo: "No se va a morir ahora, viejo de mierda". Se puso frente al volante y no pudo creer que acababa de decirle eso a su padre. Eso, viejo de mierda. Tampoco le resultaba reconocible el odio que sentía, la furia. Hizo arrancar el auto y lo voy a llevar al hospital, papá, aguante, se debe haber insolado, nada más. Graeff había perdido el conocimiento. Se sacudía sobre el asiento como un bulto inútil. Se deslizó varias veces sobre Leandro y Leandro lo empujó de un codazo desdeñoso, para sacárselo de encima. "Mire cómo se viene a morir", dijo con una ira que era infinita porque la tejían el desencanto, la amargura y la más dolorosa de las frustraciones. "Como un idiota".

A la noche, en el hospital, atendido por cuanto médico había ahí, Graeff se moría. Ni siquiera un instante recobró el conocimiento. Uno de los médicos habló con Leandro, que esperaba afuera de la habitación, solo, ya que a nadie había dicho nada, y le dijo que había sido un síncope, un ataque cardíaco arrasador, y le dijo que el corazón le había estallado y le preguntó qué había ocurrido, si había hecho algún esfuerzo, algo fuera de lo común. Leandro se encogió de hombros y dijo no. "No hizo nada", dijo.

Lo velaron durante un largo día y lo enterraron a la mañana siguiente. Todo el pueblo desfiló ante su ataúd. Había muerto el patriarca de Ciervo Dorado. Así lo dijo el padre Bartolomé Ocampo, que habló frente a su tumba y dijo eso, dijo murió el patriarca de este pueblo, el gran hombre que nos hizo lo que somos, que nos dio su pujanza, su energía incontenible, y el cura hablaba ante la tumba de Graeff y muchos lloraban, la gente del pueblo lloraba, hombres y mujeres, pero no lloraban María Graeff ni Leandro Graeff, ella porque parecía más ausente que nunca y él porque tenía el rostro enjuto, pálido, y los labios apretados, blancos, como si se los mordiera para no decir las terribles palabras que hubiera deseado decir, tan distintas a las del buen cura Ocampo, que ahora hablaba de ese hombre santo, laborioso, un hombre de Dios y un hombre de los hombres porque supo ser desprendido y a nadie negó su mano abierta, siempre dio trabajo a quien se lo pidiera, siempre pensó en los demás y ahora tendrá su recompensa en el seno de Dios y en el seno de este pueblo que nunca lo olvidará porque es generoso, como era él, y todo pueblo generoso recuerda para siempre a quienes le dieron vida, a quienes, me atreveré a decir, dieron su vida por él, porque eso hizo don Pedro Graeff, tanto quiso a este pueblo que todos somos sus hijos, y si algo hay que lamentar es que se haya ido ahora, cuando estaba por recibir la más esperada de sus alegrías, el hijo de su hijo Leandro, al que tanto esperó y al que tanto amó en la espera, Dios es sabio, sin embargo, y no nos toca a nosotros develar sus designios sino aceptarlos con humildad, con mansedumbre, porque esa aceptación, la aceptación de la voluntad divina, es la más alta forma de sabiduría que nos es dado alcanzar en este mundo. Dijo "Amén" y concluyó. Y Leandro tuvo deseos de escupirlo al viejo cura, a ese cura imbécil que decía pavadas para sosegar dolores sin sosiego. Pero no lo hizo. Al cabo, más había deseado escupir sobre la tumba de su padre y tampoco lo había hecho.

10

Leandro llegó, se tiró en la cama sin sacarse su traje negro ni su corbata de luto y durmió durante todo el largo día. Laura durmió un par de horas en la reposera del patio; no se animó a compartir la cama con él, a estar a su lado, a importunarlo. Se lo veía tan extraño que metía miedo.

Llegó la noche y él apareció en la cocina. Se había abierto el primer botón de la camisa y se había aflojado la corbata. El traje negro estaba arrugado, tan arrugado como se arruga un traje cuando alguien duerme con él. Laura cocinaba unos fideos, con una cuchara larga revolvía la olla y tenía puesto un delantal; tampoco se había quitado el vestido oscuro con el que fuera al entierro. Leandro buscó manteca, pan y se sentó a la mesa. Cortó el pan con las manos y empezó a ponerle manteca, mucha. Después buscó un salero y le puso sal, mucha también. Después buscó una botella de vino, la abrió y la puso ruidosamente sobre la mesa, junto a un vaso. Se sirvió abundantemente. Comió un buen bocado de pan. Se lo devoró como si fuera el primer alimento que comía en su vida. Hasta su hambre era temible esa noche. Entonces dijo: "¿Hablamos aquí o en otra parte? Porque también podemos hablar en el patio. O en el jardín. Aunque lo mejor sería en el dormitorio". Laura lo miró. Leandro dijo: "¿Se me ocurre, no? Porque fue allí donde te cogió". Laura resopló con fastidio, apagó el gas, apartó la olla de la hornalla y se quitó el delantal. No habría cena esa noche. Dijo: "Juramos no hablar de eso. Te dije, sólo va a servir para herirnos". "A mí ya no me importa herirme", dijo él. "No puedo estar más herido de lo que estoy. Ahora, por lo menos, quiero saber la verdad". "No hay ninguna verdad que saber. Querías un hijo, me propusiste algo, acepté y lo hice. Eso es todo. ¿De qué me vas a acusar? Sólo soy una esposa obediente. Fiel. Una mujer que hizo lo que le pidió su marido. Y se acabó. No hay más que hablar". Se le acercó, colocó las manos en su cintura, se inclinó hacia él y lo miró muy fijamente cuando le dijo: "Yo no tengo la culpa si se murió el viejo. Si no le podés dar lo que querías darle. Oíme, Leandro: el hijo iba a ser para él, ahora tiene que ser para nosotros". "Yo no quiero ese hijo. No es mío. Era para dárselo al viejo. Ahora no sirve para nada. No lo quiero. Lo único que quiero saber ahora es la verdad." Ella le dio la espalda, fue un giro súbito, no quería verlo así, con esa cara, diciendo esas palabras, le tenía miedo y desprecio, porque era violento y era soez, porque no era él, no era lo que ella creía que él era, se había transformado en otra cosa. "No hay ninguna verdad que saber", dijo, enérgica. "Hice lo que me pediste." "Bueno, de acuerdo", dijo él. "Entonces decime qué fue lo que hiciste." "Por favor, juramos no hablar de esto." "Decime qué hiciste." "Hice lo que vos querías. Lo que había que hacer para tener el hijo que necesitábamos." "¿Y por eso pensás que sos una mujer fiel?" "Te di la más grande muestra de amor que puede dar una mujer. Si no lo entendés, lo siento por vos." "¿Lo hubieras hecho con Luciano?" "Nunca hablamos de Luciano." Leandro se puso de pie y empezó a caminar alrededor de la mesa. Laura, sin advertirlo, también empezó a girar, evitándolo, huyéndole ya. "No lo hubieras hecho con Luciano. Porque con Luciano no te hubieras excitado", dijo Leandro. "Lo hiciste con Mario porque Mario te gustaba, te gusta. No sos una mujer fiel. Sos una grandísima puta, Laura. Una mujer fiel se habría negado. Habría dicho no, yo no puedo hacer eso. Y ésa habría sido la gran muestra de amor. Ésa y no meterte en la cama con él. Hubiera preferido no darle el nieto al viejo con tal de que vos te negaras." "¡Mentís!", gritó Laura. "Eso lo decís ahora. Ahora que el viejo reventó. Lo que más querías en el mundo era darle el nieto al viejo y no te importó meterme en la cama con Mario. No mientas, querés. Por lo menos tené la valentía..." Él dio un salto y la alcanzó. La sorprendió porque ella se había detenido, ya no giraba alrededor de la mesa, lo enfrentaba. Y fue por eso que él pudo darle esa cachetada feroz, como un mazazo. Ella trastabilló y pudo agarrarse de una silla, no caer. "No seas cobarde", dijo. "Llevo en el vientre una criatura de cinco meses. Y soy una mujer. La tuya, además." "La mía no. Ya no sos la mía." "Eso lo decidís vos. Pero no me pegues más." Él agarró un pedazo de pan y se lo devoró con furia. Bebió algo de vino. "Está bien", dijo. "Vamos a serenarnos. En realidad, mi amor, sólo quiero preguntarte algo. Una sola cosa. Nada más que una sola cosa. ¿Serías tan amable de contestarme la verdad?" Ella no respondió. Se miraron durante un largo rato, en silencio, enfrentados. Por fin, él dijo: "¿Lo besaste en la boca?". Ella no dijo nada. Él insistió: "Es sólo una pregunta, mi vida. Una sola pregunta. Como verás, no es mucho lo que quiero saber. Solamente una cosa. Eso, nada más que eso". Se detuvo y volvió a decir, como silabeando: "¿Lo-be-sas-te-en-la-bo-ca?". "Estás enfermo", dijo ella, con desdén. "Claro que sí. Estoy enfermo. Eso no tiene nada que ver. No responde mi pregunta. Enfermo o sano, sólo quiero saber una cosa. ¿Lo besaste en la boca?". Ella volvió a girar alrededor de la mesa y él empezó a seguirla y a preguntarle otra vez, una vez más, querida, te lo voy a preguntar hasta que te vuelvas tan loca como yo, porque no vas a salir de aquí sin contestarme eso, si lo besaste en la boca, nada más que eso, mi amor, mi esposa fiel, ¿lo besaste en la boca?, porque, si querés mi opinión, no hacía falta besarlo en la boca, estaba de más, quiero decir, no era necesario besarlo en la boca, eso, yo no te lo había pedido, y si lo hiciste es porque sos una puta, mi amor, no una esposa fiel, una puta infiel que hizo algo que no había que hacer, que no hacía falta hacer, así que decime, por favor, decime si lo besaste en la boca o no, me decís eso y me voy, te dejo tranquila, te vas a dormir, te olvidás de mí. Entonces Laura se detuvo, dejó de huir, de girar alrededor de esa mesa. Se detuvo y dijo, con fiereza dijo: "Sí, lo besé en la boca. Y no porque sea una puta, sino porque tenía que hacerlo. Porque tenía que excitarlo, calentarlo. Porque él me tenía que hacer un hijo y yo tenía que dejar que me lo hiciera y esas cosas no se hacen de a uno, amado esposo, se hacen de a dos, son siempre dos los que cogen, deberías haberlo averiguado antes si te molestaba tanto." Leandro se le acercó lentamente. Dijo: "¿Y te gustó besarlo?". Ella se largó a reír, otra vez retrocedió, pero ahora riendo y casi gritando, porque fue a los gritos que dijo: "¡Claro que no me gustó! ¡Me dio tanto asco que me escapé! ¡Salí corriendo! Y porque salí corriendo como una santa es que tengo esta criatura en el vientre. De santa que soy nomás. Del asco que me dio besarlo a Mario. Oíme, idiota: lo besé y me gustó, y nos acostamos y aquí está el hijo que pediste. ¿Qué más querés saber?" Leandro volvió a saltar hacia ella, la tomó por los brazos y la arrojó al piso. Entonces la pateó sin piedad, con odio, puteándola. Ella se protegía el vientre. Pero él también la pateó ahí, y fue ahí donde más le gustó patearla. Ella gritó: "¡Lo vas a matar! ¡Es nuestro hijo!". Él se detuvo, se recostó contra la pared, buscó calmarse y por fin dijo: "No es hijo mío. Es un monstruo. Un engendro del infierno". Desapareció rumbo al dormitorio y apareció con la escopeta Krupp entre sus manos. Ella pensó que la iba a matar. Pero no. Sorprendentemente, increíblemente le dijo perdoname.

"Perdoname", dijo y salió dando un portazo. Desde el suelo, buscando aún respirar, serenarse, ella oyó el ruido del Ford, alejándose.

11

Detuvo el Ford frente al Gran Almacén y entró por la puerta lateral, como siempre que entraba de noche. Llevaba con él la escopeta. Se veía raro, extravagante, sin duda temible, así, con el traje negro arrugado, la corbata de luto, el pelo brilloso por la transpiración, despeinado y con la escopeta Krupp calibre 16 en su mano derecha, que era una garra. No cerró la puerta. Había venido a incendiar el Gran Almacén y, no bien lo hiciera, quería salir cuanto antes. Buscó y encontró una botella de querosén. Dejó la Krupp sobre un mostrador, se hizo de unos fósforos y abrió la botella. Entonces apareció Luciano. Leandro ya vaciaba la botella de querosén a lo largo del mostrador. Luciano le preguntó qué estaba haciendo, qué pasaba, qué hacía ahí a esa hora y dejá esa botella, Leandro, qué mierda querés hacer con esa botella, te volviste loco. Leandro se detuvo, se rió extrañamente, como si se riera no sólo de lo que Luciano decía sino de todas las cosas que existen sobre este mundo, y lo miró y lo escupió, lo escupió con rabia y con rabia dijo: "Callate, esclavo. Quién te autorizó a abrir la boca. Soy el patrón y no tengo que andar explicándole a un infeliz como vos lo que hago o no hago". Y vació completamente la botella. Buscó la caja de fósforos y Luciano dijo no vas a hacer eso, no vas a prenderle fuego a este lugar, porque este lugar no es tuyo, aunque ahora lo heredes no es tuyo ni nunca va a ser tuyo, es de tu pobre padre y vos no lo vas a destruir. Leandro se detuvo. Preguntó: "¿Y quién va a impedir eso? Supongo que vos. ¿Sos el único que está aquí, no? Aparte de mí, claro. Pero yo soy el loco. El que va a incendiar esto. Vos no. Vos lo vas a impedir. ¿Lo vas a impedir?". "Con mi vida si hace falta", dijo Luciano. "Bueno", dijo Leandro. "Con tu vida entonces". Agarró la escopeta y le disparó a quemarropa. Luciano salió despedido hacia atrás y cayó sobre unas cajas de cartón que tendrían algún insecticida, porque se abrieron y un polvo entre amarillo y verdoso lo envolvió, envolvió a Luciano, que quedó como un muñeco absurdo, como un payaso moribundo y pintarrajeado por colores diversos, caóticos, por el verde, el amarillo y el rojo de su sangre abundante, que le brotaba a borbotones de la boca y del pecho, donde había recibido el fogonazo. Leandro lo miró durante un prolongado momento, inexpresivo. Luego dejó la escopeta sobre el mostrador, encendió un fósforo y lo arrojó sobre el querosén. Unas llamas azules y coloradas, veloces, empezaron a apoderarse de todo, destruyéndolo. Leandro agarró la Krupp 16, salió por la puerta lateral, que no cerró, subió al Ford y partió en busca del monte. Ahí habría de refugiarse. Desde ahí observaría las llamas opulentas y terminales de ese fabuloso incendio.

12

Todo el pueblo salió a la calle abandonando el sueño y los bomberos llegaron y empezaron a trabajar con una eficacia que fue sorprendente. Pidieron refuerzos a Coronel Andrade. Mario Bonomi, al no ver a Luciano, dijo que había que buscarlo adentro, que quizás estuviera allí, en peligro, sofocado o muerto. Él y varios bomberos entraron a buscarlo. Lo encontraron, lo envolvieron en una frazada mojada y lo sacaron por la puerta lateral. "Está muerto", dijo uno de los hombres. Lo acostaron y Mario le pasó una mano por la frente. Luciano abrió los ojos. "Todavía vive", dijo Mario. Había un médico y se arrodilló junto a él, atendiéndolo. Lo miró y negó con la cabeza, no había nada que hacer. Pero era cierto: Luciano aún vivía. Aún vivió para decir y para que lo escucharan decir Leandro. Aún vivió para decir: "Fue Leandro".

Ahora él está en el monte, se ha subido a un árbol y mira las llamas. Pocas veces ha visto un espectáculo tan hermoso. Disfruta de la imponencia, del esplendor de la destrucción. Algo lo distrae. Oye voces, lejanas pero indudables. Y ve las luces de varias linternas horadando la noche. Vienen tras él. Son los honestos, buenos pobladores de Ciervo Dorado que se han lanzado en su busca. Cree oír el ladrido de algunos perros. Se baja del árbol, agarra la escopeta y se hunde monte adentro. Oscuramente, lo sabe: es el Monstruo.

Corre, corre hasta hartarse. Los matorrales lo hieren. Cae, se levanta, vuelve a caer, otra vez se levanta. Corre hasta que se cansa de correr. Hasta que llega a una conclusión sencilla, poderosa: no le interesa huir. Se detiene. Busca serenarse. El cielo está rojo y hermoso, tiene el color del fuego. Apoya la Krupp 16 en la base del mentón, aprieta el gatillo y se vuela la cabeza.

EPÍLOGO

Un mes más tarde, Laura pone sus pertenencias elementales en una pequeña valija marrón. La cierra y la asegura con una correa. Habrá de usarla mañana.

Esa tarde, cuando el día concluye, camina con calma, con serenidad hasta el Gran Almacén, que ha sido vigorosamente restaurado por María Graeff, al frente de todo ahora, alejada de la sala de su casa, del piano, del vals de Chopin o el de Schumann, y decidida a entregarle otra vez al viejo negocio su viejo esplendor.

María Graeff se ha instalado en la que fuera la oficina de Pedro Graeff, se sienta a su escritorio y ha elegido a Mario Bonomi como su colaborador cercano, imprescindible, el hombre que mejor conoce los secretos de ese negocio y el hombre en el que ha decidido confiar. De modo que Laura no se sorprende al encontrarlo ahí. Mario está sentado cerca de María Graeff. Ella mira unos libros de contabilidad y él revisa algunas planillas de inventario. Los dos miran a Laura al verla entrar y María Graeff, que sonríe con sinceridad, ya que con sinceridad la quiere, le señala una silla frente al escritorio y le dice sentate querida, por favor, qué alegría verte. Laura

–a quien aún sorprenden la vivacidad y la elocuencia de María Graeff– se sienta y le dice que habrá de irse del pueblo, mañana. María Graeff le dice que lamentará no verla, no estar cerca de ella, no tomar un té de tanto en tanto, pero que si ella ha elegido ese destino seguramente sabrá lo que hace y la suerte habrá de ayudarla, ya que bastantes desgracias, pobrecita, tuviste en este pueblo y quién te dice hacés bien en irte a ver si las cosas cambian y encontrás la felicidad que tanto merecés. Mario Bonomi no ha levantado su vista de las planillas de inventario.

María Graeff se pone de pie, Laura también y se abrazan y María la besa en las dos mejillas y le dice no vaciles en pedirme lo que necesites, no olvides que es mi nieto el que pronto vas a traer a este mundo, te deseo suerte, deseo, de verdad, hijita, que Dios te bendiga y te depare la más grande de las dichas. Vuelven a besarse y Laura abandona la oficina y sale a la calle y empieza a caminar rumbo a su casa cuando escucha que alguien la llama por su nombre. Que alguien dice: "Laura". Se detiene y es Mario Bonomi, que se acerca y sonríe y le dice si no se va a despedir de él.

Laura no sabe qué decir, no sabe cómo despedirse de ese hombre. Persisten así, en incómodo silencio hasta que Mario Bonomi dice algo inesperado. Porque le pregunta si alguna vez Leandro le contó que ellos jugaron una pulseada junto al río. "Sí", dice Laura. "Algo de eso me contó". "Ajá", dice Mario. "Lo suponía." Y agrega: "¿Te dijo quién ganó?". Laura vacila, luego dice: "Me dijo que ganó él". Mario sonríe, sonríe como divertido y dice: "No ganó él. Yo lo dejé ganar". Laura se lo queda mirando largamente. Mario le sostiene la mirada. Ella dice: "¿Y para qué me contás eso? ¿Qué me puede importar a mí eso?". Mario Bonomi se encoge de hombros, como si buscara restarle importancia a la cuestión. Y dice: "Siempre es bueno saber la verdad". Ella se le acerca aún más y lo mira con un desconcierto que ya se mezcla con la ira. Con lentitud, claramente dice: "¿Quién sos vos?". Y luego: "Por donde pasás hay fuego y hay muerte". Entonces Mario Bonomi dice: "¿Y quién querés que sea? ¿O no sabés quién soy?". "Decímelo vos", dice ella. Y, como un torbellino, la asedian las palabras terribles del poeta de la patria: *Las potencias de la fatalidad y la sombra: la pasión, el dolor, la muerte, él las desataba con poderío incontrastable.* Mario Bonomi, sorpresivo, ineludible, se inclina y la besa íntimamente, con honda sensualidad, en una mejilla, muy cerca de la boca. "Soy el padre de tu hijo", dice con lentitud, sobre su rostro, haciéndole sentir el calor de su aliento, y luego gira y se va hacia el Gran Almacén, junto a María Graeff. Ella, con furia, se pasa una mano por la cara, limpiándosela, como borrando esa injuria, esa nueva injuria de ese ser que, ahora lo sabe, odia hasta más allá de todo límite, infinitamente.

A la mañana siguiente, tomó el tren de las 7.30, el que solían tomar Graeff o Leandro cuando viajaban a Buenos Aires. Acomodó su pequeña valija marrón en el portaequipajes y se sentó junto a la ventanilla. Decidió que habría de mirar el campo durante todo el viaje; el campo y las vacas y los terneros y los empeñosos, esforzados peones. Todo eso que ella, en sus clases, decía que era la base de la patria, la riqueza de este gran país. Sin embargo, sólo había transcurrido media hora, o apenas algo más, cuando el sueño, un sueño que imperiosamente necesitaba, la vencía. Tenía las manos sobre su regazo y, antes de dormirse por completo, lejanamente, sintió los movimientos de la criatura. A las dos, la tragedia de Ciervo Dorado las arrojaba sobre Buenos Aires como un siglo atrás los bravos de Arbolito arrojaran la cabeza del coronel Rauch.

Buenos Aires, 3 de marzo de 2000

ÍNDICE